G000130993

91500000122383

Abandonarse a la pasión

Hiromi Kawakami (Tokio, 1958) inició su trayectoria literaria a mediados de los años noventa, tras haber estudiado ciencias naturales e impartido clases de biología. Así, con la publicación de su debut, *Kamisama*, en 1994, Kawakami se ha convertido en una de las autoras japonesas más populares del mundo. Admirada por público y crítica, ha recibido varios galardones, como el Premio Tanizaki (2001) o el Premio de Literatura de Asia (2012). Entre sus libros más destacados se cuentan *Abandonarse a la pasión* (1999), *El cielo es azul, la tierra blanca* (2001), *Algo que brilla como el mar* (2003) y *El señor Nakano y las mujeres* (2005).

Biblioteca

HIROMI KAWAKAMI

Abandonarse a la pasión
Ocho relatos de amor y desamor

Traducción de
Marina Bornas Montaña

DEBOLS!LLO

Título original: *Oboreru*

Primera edición en Debolsillo: enero, 2017

© 1999, Hiromi Kawakami. Todos los derechos reservados
© 2017, Penguin Random House Grupo Editorial, S. A. U.
Travessera de Gràcia, 47-49. 08021 Barcelona
© 2011, Marina Bornas Montaña, por la traducción, cedida por Quaderns Crema, S. A.

Printed in Spain – Impreso en España

ISBN: 978-84-663-3824-0 (vol. 1189/1)
Depósito legal: B-19.841-2016

Impreso en Liberdúplex
Sant Andreu de la Barca (Barcelona)

P 3 3 8 2 4 0

Penguin
Random House
Grupo Editorial

LLUVIA FINA

—Te llevaré a comer unas galeras riquísimas—me dijo Mezaki. Yo creía que la galera sólo era un crustáceo oscuro, una mezcla entre gamba e insecto, pero en el restaurante donde me llevó las hacían deliciosas. Las hervían enteras y las servían con cáscara. Luego les quitábamos la cáscara, que nos quemaba los dedos, y nos comíamos el bicho. Tenían un sabor ligeramente dulce, de modo que ni siquiera hacía falta aliñarlo con salsa de soja.

Así fue pasando la noche. De repente, no podíamos volver a casa. Cuando nos dimos cuenta de la hora que era, además de que ya no pasaban trenes estábamos en un lugar por el que apenas circulaban coches. En cuanto cerró el restaurante, el único local que había en los alrededores, no encontramos nada más en todo el trayecto. Era uno de esos caminos en los que hay alguna farola de vez en cuando que sólo sirve para que la noche sea aún más oscura, un camino bordeado de árboles y matorrales de los que parece que en cualquier momento puede salir un caballo o una vaca.

No hubo más remedio que echar a andar, uno al lado de la otra, por aquel camino, que por mucho que avanzáramos no se estrechaba ni se ensanchaba.

No sé cuántos años tiene Mezaki. Sea cual sea su edad, parece mayor que yo, aunque también podría tener mi edad. Siempre habla de cosas sin sentido, como de un día que, en cierta ciudad, vio a un artista ambulante que escupía fuego por la boca y que ponía la misma cara que su abuelo cuando se quemaba la lengua; o de un amigo suyo que sufría una misteriosa enfermedad hasta que un día, de golpe y porrazo, le cambió la cara, se curó, se volvió más honrado y parecía otra persona. Son historias sin pies ni cabeza que Mezaki explica poco a poco, como si fueran interesantes.

Desde que nos conocimos en una reunión, sin saber cómo empezamos a coincidir en los mismos lugares. A veces, intercambiábamos cuatro palabras entre la muchedumbre, mientras que otras veces no nos decíamos nada, sólo nos mirábamos. Más adelante, Mezaki empezó a contarme aquellas historias sin sentido que tan interesantes le parecían, y se me acercaba cada vez que nos encontrábamos. Sin embargo, nunca habíamos estado los dos solos hasta el día que fuimos a comer galeras. No fue una cita planeada de antemano, simplemente coincidimos por enésima vez y, de repente, me invitó.

Cuando Mezaki me llevó al restaurante, creo que era bastante tarde. Ya habíamos bebido mucho, quizá no hasta el punto de perder la memoria, pero nos encontrábamos en un estado en que las horas pasaban deprisa y despacio a la vez, hasta que terminamos por perder la noción del tiempo. Mezaki caminaba delante de mí, meneando las caderas arriba y abajo. Yo lo seguía con paso vacilante y pensaba en las galeras.

El restaurante era un local pequeño donde sólo estaban el dueño y un camarero joven. Mezaki se sentó en la barra, justo enfrente del dueño, que no parecía conocerlo. En cualquier caso, si se conocían, debía de ser uno de esos restaurantes donde tratan a todos los clientes por igual.

—Unas galeras, un sake y verduras en salmuera para picar—le pidió Mezaki al dueño. Acto seguido, se volvió hacia mí y me sonrió arrugando la frente. Mezaki tiene la costumbre de sonreír arrugando la frente—. ¿Tú cómo comes los huevos crudos, Sakura?—me preguntó Mezaki, aprovechando un descanso entre cáscara y cáscara. Mientras pelaba las galeras, no decía nada. No es que habitualmente sea muy parlanchín, pero como pelar las galeras era bastante laborioso, cuando lo hacía hablaba menos que de costumbre.

—¿Los huevos crudos? Nunca me han entusiasmado —le respondí. Enseguida me acordé de que mi tío soltero, que vivía en casa de mis padres, solía hacer un agujerito en la cáscara de los huevos. Cuando me levantaba en mitad de la noche para ir a beber agua, lo encontraba de pie frente al fregadero sorbiendo un huevo crudo. Era un soltero cuarentón que no encontraba pareja a pesar de que le habían concertado varias citas con mujeres. «Te llevaré a caballito, Sakura», me decía cuando era pequeña. Yo me sentaba en sus anchos hombros y él me paseaba por todo el comedor. En los umbrales colgaban fotografías de mis abuelos y bisabuelos, y me daba miedo acercarles la cara. Pero no me atrevía a decirle que quería bajar. Mi tío nunca se cansaba de llevarme a caballito. «¿Quieres bajar?», me preguntaba al final. Entonces yo fingía protestar un poco y él me bajaba al suelo. Mi tío no tenía trabajo. Cuando ya había cumplido los cuarenta y cinco, se casó con una mujer diez años mayor que él, se fue de casa y dejó de visitarnos a menudo. Se ve que ahora es pescador y vive con su mujer en casa de su patrón, en una preciosa zona junto al río.

—¿A ti te gustan los huevos crudos, Mezaki? ¿Los sorbes a través de un agujero en la cáscara?

—Primero casco el huevo, separo la yema de la clara y bato sólo la clara hasta que queda espumosa, así. —Mezaki me lo enseñó moviendo rápidamente la mano derecha, en la que sujetaba los palillos. Al final de la demostración, se llevó una galera a la boca y dio un trago de sake—. Cuando he terminado de batir la clara, bato también la yema y la mezclo con la clara hasta obtener un líquido uniforme, como si fuera agua. Luego añado un poco de salsa de soja.

—El montón de cáscaras iba creciendo al mismo ritmo que disminuía el de las galeras. Entonces Mezaki me acercó la cara—. ¿Tú sorbes directamente los huevos crudos, Sakura? Por tu cara diría que sí. Lo haces, ¿verdad?

—No, no lo hago.

Empezamos a repetir la misma pregunta y respuesta: «¿Lo haces?», «No, no lo hago», mientras la mesa se llenaba de botellas de sake vacías. «Vamos a cerrar», nos avisó el dueño, pero aún nos quedamos bebiendo un rato más, y no nos levantamos hasta que hubo quitado la cortinita que colgaba en la puerta de entrada, apagado los fogones y limpiado la barra. Cuando salimos al camino bordeado de farolas, la luna brillaba arriba en el cielo, redonda.

—Aquí no hay nada, vamos a dar un paseo—dijo Mezaki mientras echaba a andar delante de mí meneando las caderas, como cuando habíamos llegado al restaurante. Cada vez que pasaba bajo una farola, su sombra aparecía detrás de él, y luego se proyectaba delante de su cuerpo. Cuando salía del círculo luminoso, la sombra desaparecía en la oscuridad. Yo también meneaba las caderas, como él.

—Tengo un poco de miedo, Sakura—me dijo al cabo de un rato, y se puso a mi lado—. Me da miedo la oscuridad. Antes creía que de la oscuridad podía salir cualquier cosa, por eso me daba miedo. Ahora la temo porque sé que no hay nada en su interior. —Mezaki tenía la costumbre de acercarme la cara al hablar, y notaba su aliento en mi mejilla. Recuerdo que, cuando nos conocimos, decidí que no me caía bien. Pero luego, a medida que me iba contando aquellas historias que le parecían tan interesantes, fui cambiando de opinión. Su aliento era dulce y húmedo como el de un perrito—. Dondequiera que vayas, en los lugares oscuros sólo hay oscuridad, y eso me da miedo. ¿A ti no, Sakura?

—No. No especialmente. A mí lo que me da miedo es…—dije, y me di cuenta de que había olvidado qué era. Lo tenía en la punta de la lengua, pero no me acordaba. Un perro ladró lejos de allí. Cuando uno empieza a ladrar, los demás lo imitan, como si le respondieran. Quizá no era un perro doméstico. Quizá ni siquiera era un perro, sino algún tipo de animal salvaje que no sabíamos identificar. Cuando los ladridos cesaron, las ranas empezaron a croar. Sus voces surgían de los márgenes del camino. Se oían tan cerca que parecía que pudiéramos alcanzarlas alargando el brazo.

—Las ranas tienen una voz muy potente para su tamaño, ¿no crees? Si las personas tuviéramos ese tono de voz, seríamos insoportables—rió Mezaki mientras me cogía la mano. Sus manos estaban calientes, y me di cuenta de que yo las tenía muy frías. Siempre tengo las manos, la espalda y la frente frías.

—¿Todavía tienes miedo, Mezaki? ¿Te sientes mejor si te doy la mano?

Él rió de nuevo. Eran unas carcajadas guturales que sonaban como el tañido de una campanilla de porcelana. Ya no había casas y las farolas escaseaban cada vez más, pero el camino no parecía tener fin. Me pareció distinguir una montaña entre la oscuridad que se expandía frente a nosotros, pero tal vez sólo fuera una ilusión óptica.

—¿Dónde estamos, Mezaki?

—Pues… no lo sé, lo mismo me preguntaba yo, pero no sabría decirlo. ¿Cómo hemos llegado hasta aquí?

Una vez, cuando era pequeña, me perdí. Mi tío, al que he mencionado antes, me llevó al hipódromo. Un mar de gente iba desde la estación hasta la entrada. No había nadie que caminara en dirección contraria, todo el mundo se dirigía al hipódromo. Cuando ya habíamos visto unas cuantas carreras, empecé a aburrirme. Tiré de la manga de la camisa blanca de mi tío, pero estaba gritando como un poseso y ni siquiera se volvió. De repente, mientras subía y bajaba las escaleras para distraerme, me desorienté y no sabía dónde estaba. Todos los asientos me parecían iguales. Vi muchos hombres que se parecían a mi tío, pero cada vez que me acercaba a uno de ellos, me daba cuenta de que llevaba una camisa marrón o un sombrero en la cabeza. Los caballos empezaban a galopar, el griterío del recinto se apagaba como por arte de magia y, al poco rato, estallaba aún con más intensidad. Lo busqué por todos lados, pero no lo encontré. Subí corriendo y cogí unas escaleras mecánicas que me dejaron en un sitio más amplio, una zona enmoquetada donde había gente paseando. Los camareros llevaban platos blancos llenos de arroz al curry y hamburguesas, en vez de cocidos japoneses o mazorcas de maíz. Pregunté en voz baja si alguien había visto a mi tío, pero nadie se fijó en mí. Abajo, los caballos daban vueltas y más vueltas al mismo circuito. Desde arriba sólo se oía un lejano murmullo. ¿Dónde estaba mi tío? ¿Dónde?

Le dije a Mezaki que habíamos llegado al restaurante en tren, y que habíamos hecho transbordo en una estación cerca de la playa para coger una línea secundaria. No tengo claro cómo conseguí encontrar a mi tío, después de aquello sólo recuerdo que volvimos caminando juntos desde el hipódromo hasta la estación. Al contrario de lo que había pasado antes, todo el mundo hacía el camino de vuelta. Había muchos papeles en el suelo. Mi tío caminaba delante de mí sin decir nada. No meneaba las caderas como Mezaki. Avanzaba en línea recta, con las caderas siempre a la misma altura, como una pieza encima de una cadena de montaje.

—¿Al lado de la playa? Entonces el mar no puede estar muy lejos. Pero no huele a agua salada. —Mezaki me apretó la mano con más fuerza, quizá por miedo. Levanté la vista, pero estaba muy oscuro y no le vi la cara. Me parece curioso que un hombre coja la mano de una mujer cuando tiene miedo. O quizá me coge la mano precisamente porque soy una mujer. Si en vez de una mujer hubiera tenido al lado un camello, por ejemplo, ¿le abrazaría la joroba? Tenía la sensación de que Mezaki era capaz de abrazarse incluso a la joroba de un camello. ¿Y qué haría si el camello lo arrojara al suelo para sacudírselo de encima? Una vez en el suelo, probablemente se quedaría sentado en medio del camino, aturdido. Pero yo no era un camello, y no intenté liberarme de la mano de Mezaki—. Es que la línea secundaria que hemos cogido iba en dirección a la montaña. Creo que nos estamos alejando del mar, Mezaki, ¿qué hacemos?

En la habitación de mi tío había un montón de trastos. Tenía cazuelas de acero inoxidable de todos los tamaños metidas unas dentro de otras, cebos de todos los colores para practicar la pesca con mosca, bolsas de plástico llenas de plantas medicinales, una balanza de muelle y una bolsa de tela que no sabía qué contenía pero que pesaba una barbaridad. «Estos cachivaches son para mis negocios, no toques nada», me advertía mi tío, pero los años iban pasando y todo estaba siempre en el mismo lugar. Encima de las cazuelas y de la balanza de muelle se había acumulado una fina capa de polvo donde escribí con el dedo «Tonto quien lo lea», pero él ni siquiera se dio cuenta.

—¿Qué te apetece hacer? No llevo mucho dinero—dijo Mezaki, escudriñando el cielo. Los ojos ya se me habían acostumbrado a la oscuridad y pude distinguir su expresión. Contemplaba el cielo embobado. O quizá sólo me lo pareció porque tenía los ojos muy grandes. Miraba hacia arriba con la boca entreabierta. Una lucecita parpadeante, que probablemente fuera un avión, cruzaba el cielo nocturno. Las estrellas y la luna no se movían, como si estuvieran cosidas al firmamento, pero habían cambiado de posición desde que empezamos a caminar. ¿Cuándo se habrían movido?

—Yo todavía tengo algo de dinero, pero por aquí no pasa ni un taxi. ¿Qué hora es?

Mezaki no llevaba reloj. Yo tampoco. Las ranas no dejaban de croar. «Croac-croac». Mezaki intentó imitarlas. «Croac-croac». Yo también lo intenté. Durante un momento, ambos estuvimos croando como las ranas. El avión de antes ya se había ido. A pesar de lo inmenso que parecía el cielo nocturno, había desaparecido enseguida. Si un avión puede desaparecer tan deprisa, quizá el cielo no es tan grande como parece, sino pequeño y estrecho. O tal vez más allá del cielo que vemos hay otro cielo infinito por el que vuelan los aviones.

—Estoy un poco cansado, Sakura. —Mezaki se sentó en el margen del camino. Como aún teníamos las manos entrelazadas, tiraba de mí hacia abajo—. No te quedes de pie, Sakura, ¿por qué no te sientas? Anda, siéntate un rato. —Mezaki abrió un pañuelo que llevaba y lo extendió en el suelo, a su lado. Parecía flotar en la oscuridad. Cuando dejó mi mano para abrir el pañuelo, me sentí como si me faltara algo. La palma de mi mano estaba un poco húmeda, pero no sabía si era mi sudor o el suyo. Me senté encima del pañuelo con un pequeño gemido.

De vez en cuando mi tío reunía un grupo de niños en el templo del barrio y los «entrenaba». Les enseñaba a reaccionar en caso de incendio, si venía un tifón, si había un terremoto o si, de repente, alguien entraba a robar en su casa. Los «entrenamientos» de mi tío tenían como objetivo preparar a los niños ante cualquier situación hipotética. Tenían que hacer carreras de relevos con cubos llenos de agua, cubrirse la cabeza con capuchas y ropa gruesa, y aprender a avanzar reptando por el suelo o levantar las manos y mostrarse obedientes. Yo también participaba de vez en cuando. Mi tío gritaba palabras de ánimo y regañaba a los niños que no se lo tomaban en serio. «La asociación de vecinos me ha pedido que os entrene. Si no os lo tomáis en serio, cuando os encontréis con un ladrón de verdad tendréis problemas, y si hay un incendio no sabréis qué hacer. No es broma. Como decía Confucio, nuestro cuerpo, de pies a cabeza, es un regalo de nuestros padres, y debemos protegerlo de cualquier mal para demostrarles nuestro respeto. ¿Lo entendéis? Bien». No sé quién se creía que era. Cuando entrenaba a los niños, lo daba todo. Corría arriba y abajo empapado en sudor. No parecía el mismo hombre que se pasaba el día tumbado en la cama sin hacer nada.

Mezaki me sujetó la cara con ambas manos y me dio un beso.

—¡Mezaki…!—exclamé justo después, mientras me apartaba. Pero él me sujetó la cara de nuevo y me besó otra vez. Me mordía los labios apasionadamente. Apestaba a alcohol. Todo su cuerpo rezumaba alcohol.

—Te quiero, Sakura—me dijo con seriedad.

—¿De veras? ¿Lo dices en serio?—le pregunté, y él dejó de besarme y agachó la cabeza. Hundió la cara entre las manos. Se quedó callado un buen rato. Yo también. Las ranas croaban. Intenté imitarlas otra vez, pero Mezaki seguía cabizbajo. Estuvo mucho rato sin moverse. Una voz grave y áspera se mezcló con las voces agudas de las ranas que croaban—. Parece una rana mugidora—le dije a Mezaki, pero no me respondió. La rana mugidora no dejaba de croar. De repente, me di cuenta de que no era una rana, sino los ronquidos de Mezaki. Se había quedado dormido con la cara entre las manos.

No sé cuánto rato estuvimos sentados. Cuando empezaba a sentir frío, Mezaki se despertó.

—¡Sakura! ¿Qué haces tú aquí?—exclamó en cuanto abrió los ojos—. ¿Qué hora es? ¿Qué ha pasado con las galeras?

Mientras él dormía, yo había apoyado la cabeza en su hombro. Tenía el cuerpo igual de cálido que las manos. Roncaba con bastante regularidad, aunque de vez en cuando inspiraba profundamente y se le cortaba la respiración durante unos diez segundos. Ni cogía aire, ni lo soltaba. La primera vez me preocupé porque creía que había muerto, pero al cabo de un momento soltó el aire de golpe. Al ver que respiraba de nuevo, me tranquilicé un poco. Cuando expulsaba el aire, lo hacía con un placer exagerado, como si se sintiera liberado, y yo lo escuchaba con envidia.

—Hemos echado a andar al salir del restaurante, ¿no te acuerdas? Parece mentira, Mezaki…

—Ah, sí. Hemos bebido muchísimo. Y luego hemos echado a andar. Hace un poco de frío, ¿no?

«Hace frío—decía mi tío—. ¿Verdad que hace frío, Sakura?». Un par de veces al año, mi padre se reunía con mi tío y lo sermoneaba con un cigarrillo en la mano, de espaldas al altar del comedor. «No quiero verte merodeando por aquí», me decía, pero yo casi siempre me quedaba en la cocina pelando patatas. Después del sermón, mi tío volvía a su habitación y se tumbaba boca arriba. Cerraba los ojos, se ponía las manos detrás de la cabeza y respiraba profundamente. Yo lo espiaba en silencio desde la habitación contigua, hasta que abría los ojos de repente y me decía: «Sakura, Sakura... tengo una buena idea para un negocio, pero no tengo dinero suficiente. Sería muy rentable. ¡Si tuviera un capital de quinientos mil yenes...! Te aseguro que funcionaría. Pero tu padre es un cabezota», me decía, y me hablaba de sus nuevos negocios tumbado boca arriba. «Si tuviera quinientos mil yenes... Sólo quinientos mil yenes...». Al final, se limitaba a repetir esa única frase, y cuando se cansaba, decía: «Qué frío hace». Ya fuera invierno o verano, decía: «¿Verdad que hace frío, Sakura? Me siento como un animalillo hundiéndose en el agua. Chapoteo rodeado de agua por todos lados, como si me estuviera ahogando en un acuario. Y, a la vez, observo la escena desde el exterior, con mi cuerpo de humano, inmóvil, pegado a la pared de cristal del acuario. Tengo frío. El agua está helada».

—Oye, Mezaki. ¿Te acuerdas de lo que ha pasado antes?

Habíamos empezado a caminar de nuevo.

—Vamos a dar un paseo, que hace frío—había dicho Mezaki levantándose. Los cantos de las ranas, que parecía que nos llovieran encima, habían disminuido un poco. El camino seguía siendo igual de ancho. De vez en cuando, siempre al mismo lado, aparecía un poste de luz—. ¿He hecho algo?—me preguntó Mezaki restregándose los ojos.

—¿No te acuerdas?—insistí.

—No me acuerdo de nada—repuso él.

—Sí, ya lo veo.

Desvié la mirada. Mezaki seguía frotándose los ojos, medio adormilado.

—Lo siento, no me acuerdo.

Después de haberse disculpado, se detuvo, se inclinó hacia mí y me dio un suave beso.

—Veo que sí te acuerdas.

Acto seguido, se apartó de mí.

—Antes te he besado, ¿verdad?—me preguntó, pero no volvió a hacerlo. Tampoco me tomó la mano. En el camino oscuro y silencioso sólo se oían nuestros pasos.

Desde fuera de un acuario imaginario, mi tío se veía a sí mismo como un pequeño animalillo. Un día, mientras volvía sola a casa desde el colegio, de repente fui consciente de que estaba caminando. Fue muy raro darme cuenta de que caminaba mientras lo hacía. Una parte de mí salió de mi interior y me vi a mí misma caminando desde lejos, como si flotara en algún lugar del espacio. Igual que mi tío, que se veía a sí mismo empequeñecido desde fuera del acuario. Ya no sabía quién era el hombre que caminaba a mi lado. ¿Era Mezaki?

—¡Mezaki!—lo llamé.

—Dime, Sakura.

Al oír su voz, supe que era él. Sin embargo, cuando volvíamos a llevar un rato caminando en silencio, la duda me asaltó de nuevo. No sabía quién era el que caminaba a mi lado. Lo llamé más de una vez, él siempre me respondía lo mismo y volvíamos a empezar.

—Mezaki, ¿hasta dónde llega este camino?

Había empezado a caer una fina lluvia. Las gotas de agua se estrellaban en la hierba que crecía en los márgenes del camino.

—Supongo que en algún momento llegaremos a algún lugar.

Pronto amanecería. La luna y las estrellas ya no se veían. El cielo era una superficie lisa de color azul oscuro. Cuando levanté la cabeza, una gota de lluvia me cayó en la cara.

Mi tío dejaba a medias todos los negocios que empezaba, y también tuvo que suspender los entrenamientos de los niños cuando el presidente de la asociación de vecinos se quejó de que no le había pedido permiso. Pero él no cambió. Fingía que iba al trabajo e iba quién sabe dónde, o se tumbaba en su habitación y se ponía a leer periódicos atrasados mientras masticaba tiras de calamar seco. «¿Te gusta algún chico, Sakura?—me preguntaba—. El otro día, en el tren, vi a una mujer guapísima. Tenía una nariz preciosa. Estaba de espaldas a mí, de pie, toda tiesa. Me puse a su lado y la miré fijamente, era muy atractiva. Cuando conozcas algún chico que te guste, Sakura, preséntamelo. Quiero conocerlo, ¿vale?». Un año después de esta conversación, mi tío se casó con aquella mujer mayor que él y se fue de nuestra casa.

—Cuando empieza a amanecer, me pongo triste—dijo Mezaki, y volvió a darme la mano. Al oír la palabra *triste*, recordé aquello que antes se me había quedado atascado en la punta de la lengua y no me había salido. Lo que me daba miedo era la habitación de mi tío cuando se fue de casa. La dejó desordenada, con las cazuelas y la balanza llenas de polvo. Encima de la capa de polvo todavía se leía la frase que yo había escrito unos años atrás. En un rincón había un montón de viejos periódicos amarillentos. Siempre pasaba corriendo por delante de su habitación porque tenía la sensación de que iba a llamarme en cualquier momento. De vez en cuando recibíamos una postal suya, pero no estaba escrita con su letra. En ella decía cosas que nunca diría, como: «Recibid un afectuoso saludo».

—Mezaki, tengo ganas de hacer pis—dije en voz baja. Ya llevaba un buen rato aguantándome, pero desde que había empezado a llover, no podía más. Las ganas de hacer pis me entristecieron aún más.

—Pues hazlo. —Mezaki me apretó la mano—. No te aguantes.

El cielo azul oscuro parecía un poco más claro que antes.

—¿Dónde lo hago?

La lluvia seguía cayendo al mismo ritmo, ni más rápida, ni más lenta.

—Ahí mismo, yo te espero.

Me adentré en los matorrales que bordeaban el camino. A cada paso que daba, las gotitas de agua que impregnaban la hierba me mojaban los tobillos. Cuando me hube alejado un poco del camino, me levanté la falda hasta la cintura y me agaché. La hierba me hacía cosquillas en las nalgas. Mientras estaba agachada, miré hacia arriba y me pareció que sólo llovía encima de mí. Se me hacía raro pensar que era yo la que estaba agachada con la falda levantada.

—¿Mezaki?—dije con un hilo de voz. Me pareció que no me había oído. La lluvia me caía en la cara, en el cuello, en los hombros y en las nalgas. Intenté orinar, pero no podía.

—¿Te encuentras bien, Sakura?—me preguntó Mezaki.

—¿Sigues ahí?—Era su voz.

—Sí, estoy aquí. Sigo aquí. —En cuanto la orina empezó a salir, salió toda de golpe. El chorro caía encima de las hojas y las mojaba como la lluvia. Cerré los ojos y vacié la vejiga.

—Te echo de menos—dijo la voz de Mezaki.

—Yo también te echo de menos, incluso ahora.

El azul oscuro del cielo se había aclarado un poco más. La lluvia seguía cayendo. Ni más rápida, ni más lenta.

ABANDONARSE
A LA PASIÓN

Llevo un tiempo huyendo.

No estoy sola, huimos los dos juntos. Yo no quería huir, por eso olvido pronto por qué lo hago. Pero como ya he empezado a huir, sigo adelante.

—¿Tú de qué huyes, Mori?—le pregunté cuando nos fuimos.

Mori ladeó la cabeza en actitud reflexiva.

—De muchas cosas—me respondió—. Por encima de todo, huyo de las cosas irracionales.

—¿De las cosas irracionales?

Levanté la vista hacia él con la boca entreabierta. Él agachó la cabeza tímidamente y asintió unas cuantas veces seguidas, con la frente arrugada.

—Hay que huir de la irracionalidad.

—Ya.

—¿Y tú, Komaki? ¿De qué huyes?

No supe qué decirle. Mori me propuso huir y nos fuimos juntos. Al principio creía que sabía por qué lo hacía, pero con el paso del tiempo empecé a dudarlo.

—Es el tópico de los amantes fugitivos de la época de Chikuden—dijo Mori, acariciándome la mejilla—. Supongo que esto es lo que hacemos.

—Los amantes fugitivos...—reflexioné, de nuevo con la boca entreabierta, mientras Mori seguía acariciándome.

—Es cuando dos amantes se escapan cogidos de la mano.

—Ah.

Al principio me sentí muy identificada con aquella descripción. Sin embargo, mientras estaba allí, acostada a su lado, empecé a dudar de nuevo.

El cuerpo de Mori desprende mucho calor, y su calidez hace que me quede dormida inmediatamente en cuanto me acurruco junto a él. «Creía que te habías desmayado», me dijo un día. «Es una falta de respeto que te duermas tan rápido», me reprochó otro día en broma.

—Somos dos amantes fugitivos. Deberíamos abrazarnos con fuerza y dejarnos arrastrar por la pasión susurrando que queremos morir juntos, ¿no crees?

—No me apetece mucho dejarme arrastrar por la pasión—repuse mientras empujaba a Mori, que se me había acercado por detrás para acariciarme la espalda y el vientre. Él soltó una risita traviesa.

—¿Qué tiene de malo la pasión?—objetó, y me hizo volver hacia él. Siguió haciéndome cosas apasionadas, pero a mí no me lo parecían. Pensé que Mori sabía que aquello no era pasión y que sólo se esforzaba en fingirlo.

Un día subimos a un camión que viajaba hacia el sur. Mori se plantó en medio de la carretera y lo hizo parar. Yo también lo había intentado haciendo señales con la mano desde el arcén, pero no se había parado nadie.

—Pues yo siempre había pensado que los conductores sólo se paraban cuando veían a una mujer—dijo Mori justo antes de plantarse en medio de la carretera, con el viento a favor.

Enseguida se detuvo un camión. Mori sabe hacer estas cosas. Cuando subimos, se puso a hablar con el conductor. «Así que transporta verdura. Últimamente ha llovido poco. Si esto sigue así, dentro de quince días los precios se habrán disparado». «¿Dice que su hija es alumna de secundaria? ¿Lleva un uniforme marinero? Cada vez llevan las faldas más cortas, ¿no le parece estupendo?». «Vamos hacia el sur, déjenos donde le vaya bien, siempre y cuando sea un lugar habitado».

Mori hablaba por los codos. Él y yo compartíamos el asiento de copiloto. De vez en cuando el camionero parecía a punto de quedarse dormido, pero entonces Mori sacaba un nuevo tema de conversación y lo mantenía despierto. Mientras mascaba el chicle que le había dado el conductor, Mori sujetaba un volante imaginario y fingía que estaba conduciendo. Sin dejar de hablar, sujetaba el volante con una mano y apoyaba el otro codo en mi hombro como si fuera el marco de la ventanilla.

Un par de horas más tarde, nos detuvimos en una pequeña ciudad. El conductor envolvió con papel de periódico dos manojos de espinacas del cargamento que transportaba y nos los dio. Nos preguntó a qué nos dedicábamos. «Somos amantes fugitivos», le respondió Mori con seriedad. «Qué vida más dura», repuso el camionero sin inmutarse, y nos regaló otro manojo de espinacas.

Cuando el camión hubo desaparecido de nuestra vista, Mori se sacó el chicle de la boca y lo envolvió delicadamente con un trocito de papel.

—¿Tú llevabas uniforme marinero cuando ibas al colegio, Komaki?—me preguntó mientras caminábamos siguiendo un cartel que nos llevaría a la estación. El sol había empezado a declinar, y unos animales que parecían murciélagos revoloteaban en el cielo.

—Sí—admití, y Mori me miró con la misma seriedad con la que se había dirigido al camionero un momento antes.

—Me gustaría verte vestida de colegiala—me dijo.

—Te daría miedo verme con uniforme a mi edad.

—Me gustan los uniformes marineros.

—Ya, pero esa no es la cuestión.

—Eso de «cuestión» suena muy grave, no me gusta que hables así.

Mori me apretó la mano con fuerza. Cada vez estaba más oscuro, y no sabíamos dónde pasaríamos la noche. Le devolví el apretón. Llevábamos los manojos de espinacas encima de la maleta, y oíamos el crujido del papel de periódico que los envolvía.

—Puede que alguien nos ofrezca alojamiento a cambio de las espinacas.

—¿Quién?

—Algún alma caritativa.

Mori siempre era optimista, y a mí me gustaba que lo fuera. Por eso fui tras él sin dudarlo cuando quiso huir. El papel de periódico crujía. No había a la vista ninguna casa de algún alma caritativa.

—Estamos en el sur, aquí no hace tanto frío—dijo Mori.

Aquella noche dormimos al raso. Me arrimé al cálido cuerpo de Mori y dormimos unas horas tumbados en el césped. Se ve que él no pudo pegar ojo. Cuando se lo pregunté a la mañana siguiente, me dijo que había pasado la noche en vela imaginándome vestida de colegiala.

—¿En serio?

—Qué va.

Las espinacas se habían marchitado un poco, y la sombra de una barba incipiente oscurecía la cara de Mori.

—¿Hasta cuándo estaremos huyendo?—le pregunté.

—No lo sé—me respondió, un poco distraído.

Cuando llegó el frío y empezamos a quedarnos sin dinero, nos instalamos temporalmente y encontramos trabajo en una empresa de distribución de periódicos. Mori repartía los periódicos, y yo trabajaba de cocinera en la residencia para trabajadores de la empresa. No sería del todo correcto decir que Mori madrugaba: en realidad se levantaba cuando todavía era de noche, se reunía con los demás repartidores, introducía los panfletos de propaganda entre las páginas de los periódicos, montaba en una bicicleta de color verde chillón y salía a hacer el reparto. Al principio le costaba mucho completar el recorrido en bicicleta, y no terminaba hasta que ya era de día. Algunos suscriptores que no habían recibido el periódico llamaban para quejarse. No fue hasta dos semanas más tarde cuando empezó a repartir los periódicos al mismo ritmo que sus compañeros. Sin embargo, su forma de montar en bicicleta seguía siendo un poco rara. Su postura era muy forzada, con el tronco inclinado hacia atrás y la espalda muy recta.

Mi trabajo consistía en preparar el desayuno y la cena antes de que los repartidores de ambos turnos volvieran del trabajo. Para cada comida, lavaba casi dos kilos de arroz, hervía muchos litros de sopa de algas, salteaba verduras o guisaba carne con patatas y asaba el pescado en una parrilla de cocinero profesional. «Nuestra Koma cocina con demasiados condimentos—decía algún trabajador, y justo después se apresuraba a añadir—: Pero a mí ya me gusta la comida fuerte». Cuando me llamaban «nuestra Koma», me sentía como si hubiera llegado muy lejos. Un día, a la hora de comer, me fijé en Mori y lo vi inclinado encima de su cuenco, masticando sin decir nada. Mori siempre está muy serio cuando come. Antes de huir, fuimos a comer sashimi y tempura en un restaurante más o menos bueno, y ponía la misma cara. Mori no me llamaba Koma como los demás. Siempre me llamaba Komaki. «Os tratáis con mucha formalidad para estar casados. Suena un poco raro, pero debéis de tener vuestros motivos».

Al oír aquel comentario, Mori puso cara de resignación y suspiró. Los hombres no intentaron averiguar nada más, y repitieron de arroz unas cuantas veces mientras me pedían que al día siguiente les preparara sopa de patata y carne. Más tarde, cuando nos quedamos solos, le pregunté a Mori si se había sentido incómodo por los comentarios de sus compañeros.

—Es que no acabo de coger el ritmo con la bicicleta—me respondió, suspirando de nuevo—. Creo que este trabajo no se me da bien.

—No digas eso—reí.

Mori se me acercó de repente y me dijo:

—Quiero hundirme en un mar de pasión. Ahora mismo. Dejémonos llevar por la pasión.

—Ya es casi mediodía—protesté.

—Es que estoy loco por ti, Komaki—repuso él a punto de llorar, y me cubrió el pecho y el cuello de besos. Luego nos hundimos rápidamente en un mar de pasión.

Estuvimos trabajando tres meses en el centro de distribución de periódicos, y cuando tuvimos suficiente dinero ahorrado, volvimos a huir.

Mori tiene tendencia a quedarse absorto de vez en cuando, pero desde que empezamos a huir de nuevo, lo hace más a menudo.

Aunque estemos juntos, parece que esté en otro sitio. Entonces me pregunto por qué huí con él, y me siento triste. No estoy enfadada con él, sino más bien conmigo misma. Huí casi sin pensarlo, pero fui yo quien tomó la decisión. Mori no tuvo la culpa.

Una vez, cuando era pequeña, estuve todo el día jugando y cogí el camino de vuelta a casa más tarde de lo que debía. Mientras volvía a casa, no me preocupaba que mis padres me regañaran, me sentía más bien como si flotara, contenta de encontrarme en una situación distinta. Era una sensación rara. Sabía que se enfadarían conmigo pero que, por más que se enfadaran, no iba a morir. Algún día tendría que morir, desde luego, pero acababa de entrar en la escuela primaria, así que aún era demasiado joven. Desde que Mori y yo habíamos empezado a huir juntos, volvía a sentirme a menudo como si flotara, sobre todo cuando Mori desconectaba del mundo que lo rodeaba.

—¿No tienes hambre?—le pregunté, pero él estaba muy lejos de allí, y ni siquiera me respondió. Entonces me adelanté y entré en un restaurante de la playa. Huir me da hambre. Siempre me apetece un pescado asado con piel o un plato barato de sashimi.

—¿Quieres que vayamos a comer carne a la brasa?

Mori asintió como si no le importara, pero se notaba que la carne a la brasa era su plato favorito porque se la comió con avidez, mientras bebía a pequeños sorbos la cerveza que había pedido.

Yo leía atentamente un cómic de batallas de trece tomos que el restaurante tenía a disposición de los comensales. Además de nosotros, sólo había otra mesa ocupada, donde dos jóvenes estudiantes leían un cómic de seis tomos que trataba de juegos y apuestas. Compartían un tomo entre los dos. Uno de ellos había pedido un bol de arroz con pollo y huevo, mientras que el otro comía tempura con arroz. Movían los palillos automáticamente, sin mirar el bol, con los codos apoyados en la mesa. Ambos leían como si tuvieran la cara pegada a las páginas del cómic.

Cuando terminó de comer, Mori aún no había vuelto a la realidad. Seguía en otro mundo.

—Según este cómic, hay que luchar por el honor y la

amistad—le dije a Mori levantando la vista de la página que estaba leyendo, pero no me respondió—. ¿Tú serías capaz de morir por honor?—Mori abrió un poco los ojos—. ¿Me quieres?—le pregunté, precisamente porque sabía que no me respondería. De lo contrario, no se lo habría preguntado.

Los dos estudiantes habían empezado a hablar. No parecía que hablaran del cómic, sino de la hermana de alguien que vivía cerca de su casa, según me pareció entender. Al cabo de un rato, Mori bajó de su mundo y me miró fijamente.

—Siempre te digo que te quiero, no paro de decírtelo. ¿Por qué no lo entiendes?

¿Tanto me quería? A mí más bien me daba la sensación de que era yo la que lo amaba, y creía que por eso habíamos huido. Siempre intentaba convencerme a mí misma de que habíamos huido juntos porque amaba a Mori.

—Eres idiota, Komaki—me reprochó, con la voz ahogada—. No has aprendido nada, ¿verdad? No te acuerdas de nada.

Aquel comentario inesperado me sorprendió. Me sentí de nuevo como si estuviera flotando, con más intensidad que nunca.

—A lo mejor soy idiota, pero te quiero mucho.

—Eres idiota—repitió él.

—¿Por qué lo dices?

—Sabes que somos amantes fugitivos. Nuestro único objetivo es hundirnos en un mar de pasión, por eso huimos juntos. Esto va en serio.

Mientras decía «en serio», Mori no parecía sincero. En la mesa de formica de aquel restaurante junto al mar había una mancha de soja, y las esquinas de las páginas del cómic de trece tomos repleto de combates y sangre estaban dobladas. Mori apuró de un trago la cerveza que le quedaba.

A continuación abrió la maleta y, con aires de importancia, sacó dos billetes de mil yenes ligeramente arrugados.

Una vez, sólo una, Mori y yo estuvimos hablando de morir juntos. Si estuvimos pensando en la muerte, debía de ser un día frío y nublado.

—Huir es agotador—dijo Mori.

—Qué exagerado eres—repuse.

—Sí, tienes razón. Lo que cansa no es huir, sino pensar en todo lo que has dejado atrás—dijo él.

Al parecer, Mori había dejado atrás muchas cosas. Yo sólo había tenido que desprenderme de un par de cosas, e incluso eso era una carga demasiado pesada para mí, así que podía imaginar perfectamente el cansancio que él debía de llevar encima.

—¿Y si morimos juntos?—propuso.

—¿Por qué no?—le respondí sin pensar demasiado.

Cuando mi respuesta ya se había evaporado en el aire, empezamos a caminar por la playa. Aquel día que estuvimos paseando por la orilla del mar hacía mucho frío.

Caían unos copos muy pequeños que se acumulaban encima de la arena, formando una fina película de nieve virgen.

—Es un buen día para morir.

—Quizá demasiado bueno, ¿no crees?

Mientras hablábamos de la muerte, dimos un largo paseo por la playa. Un cuervo graznó. Aunque estuviera lejos de allí, su graznido sonó muy cerca.

—Komaki, ¿de cuántas cosas te has arrepentido durante tu vida?

Aquella pregunta era demasiado normal para Mori, así que empecé a pensar que lo de morir juntos iba en serio.

—Casi siempre me arrepiento de todo lo que hago, si es eso a lo que te refieres.

Mi respuesta también fue extrañamente normal. Mori asintió. La nieve caía sobre la arena, blanca y fina, y se derretía a continuación. A pesar de que desaparecía enseguida, la arena estaba cada vez más blanca, y las olas la acariciaban susurrando.

—¿Te arrepientes de haber huido conmigo?

Mori seguía utilizando palabras normales, muy poco habituales en él.

—No.

—¿Ni un poco?—Esbozó una breve sonrisa, y justo después añadió—: La muerte debe de ser muy fría.

Un cuervo pasó rozando la cabeza de Mori, que soltó un grito de sorpresa y levantó la vista hacia el cielo.

—Nuestras huellas nos siguen—observé, y Mori se volvió.

—Tienes razón.

—¿De verdad quieres morir?

—No lo sé.

—No me gusta el frío.

—Ni a mí.

—Quiero seguir hundiéndome en un mar de pasión contigo, Mori.

—Hace tiempo que lo hacemos.

—¿Tú crees?

—Claro.

Los pies se me hundían pesadamente en la arena. Un hombre escuchaba la radio sentado en el tronco de un árbol. Se había encendido una pequeña hoguera y escuchaba la retransmisión de lo que parecía una carrera de caballos. Los pequeños copos de nieve caían con más intensidad.

—Desde que empezamos a huir, no hemos perdido de vista el mar ni un solo día—observó Mori de repente.

—Es verdad, hemos estado en muchas ciudades de la costa.

—Me apetece comer ascidias.

—¿Ascidias?

La nieve se acumulaba encima de nosotros. El hombre que escuchaba la radio leía un periódico doblado, inmóvil. Aunque fuera mediodía, estaba tan oscuro que parecía de noche, y me pregunté cómo podía distinguir las letras. Caminaba abrazada a la cintura de Mori. Él, con la maleta bajo el brazo, procuraba adaptarse a mi ritmo. La pequeña maleta que yo me había llevado se había agujereado y habíamos tenido que tirarla, así que Mori llevaba las cosas de los dos en su maleta, que apenas pesaba porque cada vez estaba más vacía. La nieve había empezado a acumularse en la orilla. Mori y yo estuvimos paseando mucho rato por la playa.

—¿Sabes tocar algún instrumento, Komaki?—me preguntó Mori un día que estábamos tumbados en un futón más bien duro.

Al final, después de mucho tiempo huyendo, habíamos alquilado una habitación junto al mar en una ciudad del oeste que apenas conocíamos. Mori trabajaba en una fábrica de plásticos de las afueras. Acababa de llegar del turno de noche, que le tocaba cada tres días. Al otro lado de la ventana, empezaba a amanecer.

—Sé tocar la flauta y las castañuelas.

—Yo toco el acordeón—dijo él, y empezó a tararear. Me pareció una canción de una película que había visto hacía tiempo—. De niño, tocaba en la orquesta de mi colegio.

—¿En serio?

Lejos de allí, vi la silueta de Mori cuando era pequeño. Estaba en algún lugar en medio de aquella claridad incipiente que se filtraba a través de una rendija de la cortina.

—Quedé segundo en el concurso escolar de la ciudad.

—¿Tocabas solo?

—No. Tocar en una orquesta es más divertido—continuó Mori—. Me gusta cuando se juntan los sonidos y los timbres de todo el mundo y surge una intensa melodía—me explicó—. Algún día tocaremos juntos, Komaki—dijo de repente, y lo miré. En su cara había una extraña mueca.

—¿Qué te pasa?

—Nada.

—¿Es muy cansado el trabajo en la fábrica?—le pregunté, pero él sacudió la cabeza.

—No, qué va.

Entonces me quedé dormida, y cuando me desperté ya era de día. Mori miraba al techo con los ojos muy abiertos.

—Yo sé tocar las castañuelas, Mori.

—Estupendo.

—Y seguro que también sabría tocar el triángulo.

—Estupendo.

Nuestra habitación estaba al lado de una línea ferroviaria. Desde que salía el primer tren pasaba uno cada media hora, y luego iba aumentando la frecuencia de paso. Cada vez que pasaba un tren, la habitación entera temblaba.

—¿Vamos a quedarnos aquí?—le pregunté, y Mori puso una cara que no quería decir ni que sí ni que no, como si estuviera riendo y llorando a la vez.

—Ahora ya no podemos volver, Komaki.

—¿En serio?

—No, yo ya no podría volver.

—Entonces no hace falta que volvamos.

—Pero tú sí podrías.

—No.

«Seguiré huyendo a tu lado para siempre, Mori».

Esto no se lo dije, sólo lo abracé. Mori lloraba como un niño pequeño. Yo no lloraba, pero pensaba en mis castañuelas rojas y azules. La habitación temblaba cada diez minutos. El cuerpo de Mori desprendía calor. Mientras pensaba en las castañuelas, luchaba con todas mis fuerzas para no quedarme dormida de nuevo. Mori había dejado de llorar y volvía a tararear de forma intermitente la misma canción de antes. Acurrucada a su lado, me di cuenta con una extraña sensación de que apenas sabía dónde estábamos.

EL CANTO
DE LA TORTUGA

Creo que hace unos tres años que me fui a vivir con Yukio, pero no estoy segura del todo.

Hay muchas cosas que no tengo claras. El otro día, Yukio me dijo: «Quiero que nos separemos», pero no recuerdo con exactitud cómo ocurrió.

Si le preguntase cuándo fuimos a vivir juntos, él no tendría ni que abrir la agenda: me diría exactamente qué día, qué mes y qué año empezamos a compartir piso. Alguna vez, por error, creí que era porque me quería, pero en realidad es una característica innata de Yukio, que tiene mucha más memoria que yo para los detalles y debe de recordar al dedillo lo que ocurrió el día en que me dijo: «Quiero que nos separemos». Seguro que lo recuerda absolutamente todo, como el nombre del pájaro que cantaba desde la rama de un árbol, la posición en la que estaban las manecillas del reloj y las palabras que escogí como respuesta. Sin embargo, sería un error pensar que se acuerda de todo porque me quiere. Su prodigiosa memoria no tiene nada que ver con sus sentimientos hacia mí.

Cuando me dijo que quería separarse, probablemente le pregunté por qué. No me atrevo a asegurar que fuera así, pero es lo que le preguntaría si me lo dijera ahora. Por eso es posible que le diera esa respuesta.

—No podemos estar juntos —dijo, desviando la mirada.
—¿Por qué no?
—Porque no.
—Pero ¿por qué no?

—Porque no podemos estar juntos.

Seguimos discutiendo un rato más. Yukio no solía ser tan escurridizo. Siempre tenía una explicación para cada cosa. Al ver que aquella vez no la tenía, me di cuenta de que no era una discusión normal y corriente.

—¿Hay otra mujer?—le pregunté, y él desvió aún más la mirada—. ¿Es eso?—insistí.

Yukio estuvo un rato sin decir nada hasta que, al final, negó despacio con la cabeza. Era imposible arrancarle una explicación.

No sé muy bien qué pasó luego. No sé si Yukio me respondió algo, si yo le hice una pregunta o si ambos guardamos silencio, sólo sé que estaba harto de vivir conmigo y que quería dejarme. Aparte de eso, no recuerdo nada más. Supongo que, a partir de ese día, seguí preguntándole y suplicándole una respuesta, pero tampoco estoy segura.

El piso donde vivíamos estaba a diez minutos en bicicleta de la estación de metro y a veinte minutos andando. Como ninguno de los dos tenía mucho dinero, sólo podíamos permitirnos un piso pequeño y con pocas comodidades. El día del traslado, limpiamos los tatamis con un paño húmedo. Parecían nuevos porque todavía eran de color verde, pero cuando empezamos a fregarlos, la capa superficial se peló y dejó al descubierto la superficie marrón. Eran tatamis viejos pintados de color verde para simular que estaban recién instalados. Unos días antes, cuando firmamos el contrato de alquiler, el agente de la inmobiliaria nos dijo que el casero siempre cambiaba los tatamis cuando entraban nuevos inquilinos, de modo que no solía devolver la fianza con la excusa de que, últimamente, los tatamis costaban mucho dinero.

—La pintura todavía estaba húmeda, no deberíamos haber fregado—bromeé, pero Yukio arrugó la frente.

—Nos dijeron que nos cambiarían los tatamis, esto es un timo. Habrá que reclamar la fianza—dijo, echando un vistazo al reloj. Yukio siempre mira el reloj con irritación. Lo fulmina con la mirada, como si estuviera enfadado con él. El contraste entre su cara de pocos amigos y la vulgaridad de la palabra *timo*, que repitió más de una vez, me hizo mucha gracia. Nunca tengo claras las cosas importantes, pero siempre recuerdo los pequeños detalles triviales.

Dos años más tarde, cuando renovamos el contrato, Yukio discutió el asunto de los tatamis con el casero.

—El caso es que, como habéis renovado el contrato, tendré que cambiar los tatamis cuando dejéis el piso. En época de crisis, nadie te alquila un piso en mal estado—insistía el casero, pero Yukio le rebatía serenamente todos los argumentos.

Yo no habría sido capaz de llevarle la contraria, ni siquiera habría iniciado la discusión. Pero Yukio siguió en sus trece hasta que el casero cedió a regañadientes.

—Está bien, está bien. Os devolveré la fianza—refunfuñó.

Parecía tan irritado que, mientras volvíamos, le comenté a Yukio:

—Te has pasado.

—¿Por qué lo dices?—repuso él sin inmutarse.

Durante un tiempo, la parte del tatami que habíamos fregado fue de un color diferente del resto, pero cuando renovamos el contrato ya se había igualado y la mancha no se distinguía. Yukio siempre se sentaba en un cojín que colocábamos encima de la mancha. Al verlo sentado ahí, me acordaba de aquella vez que dijo: «Esto es un timo», y estaba a punto de echarme a reír, pero no lo hacía para que no se enfadara. Yukio casi siempre se sentaba en el mismo cojín, de modo que la mancha del tatami quedaba cubierta todo el día. Yo creía que siempre habría una mancha marrón bajo el cojín, pero dos años más tarde, cuando renovamos el contrato, ya había desaparecido. La pintura verde se había levantado con el tiempo y los tatamis habían recuperado su color original.

Cuando hacía una semana que me había dicho que quería separarse, Yukio empezó de nuevo a empaquetar sus cosas en cajas de cartón, cosa que hacía todos los días desde entonces. Yo me limitaba a mirarlo sin decir nada.

—No te quedes ahí embobada y piensa en lo que vas a hacer a partir de ahora—me dijo, y por primera vez pensé en mi futuro. Ni siquiera yo misma sabía si me entristecía o no que Yukio se fuera. Simplemente, no sabía qué hacer.

Me había pasado a menudo durante aquellos tres años de convivencia. Al parecer, soy un desastre con el dinero. Al principio me encargaba de llevar la economía doméstica, pero cuando apenas llevábamos medio año viviendo juntos, Yukio me regañó:

—¿Cómo puedes haberte gastado tanto dinero?—me reprochó. La verdad es que yo no tenía ni idea de cómo administrar el dinero. Tanto si teníamos poco como si teníamos mucho, siempre me lo gastaba todo. Me sentía como si mi cuerpo se alargara o encogiera según la cantidad de dinero de la que disponía.

—No puedes seguir ocupándote del dinero—me dijo Yukio, me quitó la libreta del banco y el monedero y empezó a darme una paga tres veces al mes para mis gastos, como si fuera una niña pequeña—. Si te lo diera todo a la vez, te lo gastarías—se justificó. Ahora que lo pienso, puede que tuviera razón.

Si no sabía administrar el dinero no era porque no tuviera capacidad de hacerlo. Sé que, con un poco de voluntad, lo haría bien. El problema es que era incapaz de *querer* hacerlo. Y no me pasaba sólo con el dinero: al principio también me encargaba de las tareas domésticas, pero no funcionó. No consigo acabar nada. Limpio, pero no ordeno. Tiendo la ropa, pero no la recojo. En cuanto a la comida, normalmente me limito a cortar la carne o las verduras, las salteo, las sirvo en una bandeja y listos. Sé que debería hacer otras cosas, pero no puedo.

Mucho antes de irme a vivir con Yukio, tenía la casa siempre limpia, cocinaba toda clase de recetas, planchaba la ropa y cosía botones. Pero en algún momento, sin darme cuenta, empecé a ser incapaz de acabar todas esas cosas. Como nunca terminaba nada, cada vez tenía menos trabajo. Y cuanto menos trabajo tenía, menos cosas terminaba. Pero nadie se dio cuenta porque vivía sola y podía disimularlo. Entonces Yukio vino a buscarme y me fui a vivir con él. Yo sabía que no llegaríamos lejos, pero estuvimos tres años juntos. ¿Significaba aquello que por fin conseguiría terminar algo? Pero los meses y los años no tienen importancia, lo que cuenta es lo que ocurre. No conseguí terminar nada con Yukio. Intenté que funcionara muchas veces, pero al final no lo logré. Por eso cuando me dijo que quería separarse me quedé en blanco, sin pensar en nada. En ese momento supe que el vínculo que me unía a él era mucho más fuerte de lo que creía, pero aun así no supe qué hacer y me quedé cabizbaja. Él me acarició la mejilla. Parecía triste. Soy yo quien debería haber estado triste, pero no pude entristecerme más que él. Entonces, al lado de la cara triste de Yukio, en una pequeña pecera que había en el alféizar de la ventana, la tortuga chilló.

Un día toqué una pieza de metal que debía de tener centenares de años. Me habían dicho que si la tocaba podía romperse, por eso lo hice con mucho cuidado. En cuanto la toqué, el metal no se rompió, ni se agrietó, simplemente se desintegró. Se convirtió en polvo y desapareció. «Es el destino», me dijeron, y creí que lo había entendido.

Un poco más tarde, me regalaron la tortuga. Una noche fui con una amiga a la feria. En un tenderete, junto al recipiente para pescar anguilas, había unas tortugas que no dejaban de moverse. Me quedé mirándolas sin decir nada. Al cabo de unos días, la amiga que me había acompañado a la feria me trajo una pecera con una tortuga. «Las tortugas viven eternamente», me dijo mientras me dejaba la pecera como si nada. Estuvimos charlando un rato y luego se fue. «Quiero que te la quedes—me dijo—. Seguro que eres capaz de cuidar de una tortuga». Más adelante, conocí a Yukio y me llevé la pecera al piso nuevo. Entre una cosa y la otra, me distancié de aquella amiga, así que nunca pude preguntarle por qué me había regalado la tortuga. Quizá no hubo ningún motivo particular. A menudo olvidaba darle de comer, pero ella seguía viva. En invierno dormía mucho, y en verano se quedaba quieta tumbada en una piedra. De vez en cuando movía el cuello o la cola.

Me sonaba haber oído que las tortugas cantaban, pero no creía que lo hicieran. Lo que sí hacía era chillar. Como al principio nadie podía confirmármelo porque vivía sola, no sabía si chillaba de verdad o si sólo eran imaginaciones mías. A lo largo de los años que estuve viviendo con Yukio, me pareció oírla más de una vez, pero a él nunca se lo dije. Por eso no sé si es una especie de ilusión auditiva que sólo oigo yo o si la tortuga chilla de verdad. Lo hace muy de vez en cuando.

—¿Por qué eres así?—solía decirme Yukio cuando llegaba a casa, se encontraba las luces apagadas y me veía sentada o tumbada en el tatami sin moverme, sin leer, sin trabajar, sin comer, dejando pasar el día con la mirada extraviada. Cuando me encontraba así, sentada y quieta en medio de la oscuridad, me cogía de la mano y me ayudaba a levantarme.

—¿Ya vuelves a estar igual?—me decía. Entonces por fin me daba cuenta de que había vuelto a pasar el día de *aquella* forma, pero Yukio no me lo reprochaba. Me arrastraba de un tirón hasta el futón que yo no había guardado y me hacía el amor brutalmente. Cuando me hacía el amor así, me sentía como si estuviéramos en paz. Yukio me maltrataba. Cuando terminaba, yo me metía en la cocina como si nada hubiera pasado y preparaba la cena. Impasible, le preguntaba cómo le había ido el día, y él me contaba tranquilamente que un compañero de trabajo llamado Ota había tenido un accidente. Así, el día que yo había pasado de *aquella* forma quedaba recogido y guardado en algún lugar. Así pasaron tres años.

A veces, Yukio era incapaz de hacerme daño. Se tumbaba conmigo en el futón como si me entregara su cuerpo y suspiraba lentamente. Yo lo sujetaba entre mis brazos sin decir palabra y lo acariciaba como hubiera acariciado una estatua. Entonces Yukio se quedaba dormido. Su cuerpo se enfriaba y respiraba de forma irregular. Mientras dormía, a veces arrugaba la frente y, otras veces, se echaba a reír. Cuando se despertaba, le preguntaba de qué se reía y él me confesaba que no se acordaba de nada.

—¿Me he reído de verdad? ¿Cómo puedo reír mientras duermo?—decía con cara de disgusto—. Esto sólo me pasa cuando estoy contigo—me decía con acidez, y yo sólo podía asentir con la cabeza. Debería decirle que aquellas palabras me dolían, pero él las decía a sabiendas, por eso yo me limitaba a asentir. Cuando lo hacía, Yukio volvía a la carga en un tono aún más despiadado—: No quiero que me arrastres al agujero donde estás—añadía.

Yo sabía perfectamente a qué se refería. Si dejaba que lo tocara, Yukio se hundiría conmigo en el lugar de las cosas inciertas e inacabadas. Le habría pegado algo de mí, como si sufriera una enfermedad contagiosa. Pero pronto se recuperaba y volvía a hacerme el amor brutalmente.

Cuando yo gritaba su nombre mientras me maltrataba, me miraba a los ojos sin decir nada. Tenía la misma mirada irritada que el día en que la capa de pintura verde del tatami se había levantado y había dejado al descubierto la superficie marrón. Me hacía sentir bien que me mirase de aquella forma. Yo también lo miraba fijamente. Sus ojos eran como dos agujeros vacíos en medio de la oscuridad. Terminaba de hacerme el amor mirándome a los ojos. Su corazón latía acelerado. Yo respiraba profundamente. Siempre tenía los hombros helados, por más deprisa que latiera su corazón, y yo lo arropaba sin decir nada.

Yukio cuidaba de la tortuga.

La llamaba «esa cosa», pero le daba golpecitos cuando no se movía y cubría la pecera con un trapo cuando estaba hibernando.

Un día me habló del desierto.

—En algún lugar del desierto hay dos árboles altos.

—¿Hay árboles en el desierto?—le pregunté, y Yukio meneó la cabeza con cara de decepción.

—En el desierto también crecen los árboles—me respondió como si lo supiera todo el mundo.

Siempre hay animalillos merodeando alrededor de esos

dos árboles tan altos. Cuando termina la estación lluviosa, las ramas están cargadas de frutos que caen al suelo por su propio peso, y los animales los devoran ávidamente. Pero hay algunos frutos que fermentan, y los animales se emborrachan al comerlos. Las jirafas, los facóqueros africanos, los elefantes y los monos empiezan a tambalearse bajo los árboles. Siempre es un lugar muy concurrido. Aunque los frutos no hayan madurado, los animales acuden de todos modos para tumbarse a la sombra de los árboles o refrescarse en los charcos.

—¿Qué clase de árboles son?

—No lo sé—repuso él.

La presencia de los animales propicia la aparición de plantas y pequeñas criaturas. Las tortuguitas suben por el tronco de un árbol. Trepan despacio, agarrándose al grueso tronco con las cuatro patas. Necesitan un día entero para llegar hasta arriba y otro día para bajar. Al día siguiente, suben al otro árbol y vuelven a bajar. Lo repiten una y otra vez, eternamente. Suben y bajan de uno de los árboles y vuelven a empezar con el otro.

—Necesitan tomárselo con calma—dijo Yukio.

—¿Estás seguro? Quizá para ellas eso sea un ritmo muy alto.

—Qué va. Son animales lentos y tranquilos.

Yukio le dio de comer a la tortuga, que estaba en la pecera, en el alféizar de la ventana. Cuando le das demasiada comida, el agua se enturbia y el animal no se siente cómodo. Pero Yukio lo hacía muy bien. El agua siempre estaba limpia y la tortuga se encontraba a gusto en la pecera.

—A las tortugas les gusta subir y bajar esos dos árboles tan altos—prosiguió Yukio.

—¿Ah, así?—susurré, con la expresión absorta de costumbre.

—Sí, les gusta mucho—repitió él, y me abrazó brevemente.

Un día Yukio se quedó mirando fijamente la pecera de la tortuga, mientras yo lo observaba desde detrás. Era un día ventoso y soleado. El viento hacía ondear y chasquear la ropa que colgaba del tendedero, en la parte exterior de la ventana.

—He conocido a una mujer muy interesante—dijo de repente—. Me abordó de repente.

—¿Te abordó?

—Sí, y me hizo sentir incómodo.

—¿Y qué tiene eso de interesante?—debí de responderle.

—Había algo en ella fuera de lo corriente.

La mujer se le acercó por detrás y le susurró palabras extrañas al oído. Luego se fue. Yukio se sintió incómodo y le pidió explicaciones, y entonces ella se disculpó con una expresión que parecía sincera. Sin embargo, al cabo de un momento se le acercó de nuevo y le susurró más cosas. Su cara tenía una expresión inquietante: los ojos muy abiertos, los labios separados y los orificios de la nariz dilatados.

—Debía de dar miedo—dije, pero Yukio sacudió la cabeza.

—No me dio miedo, fue excitante. El otro día me acosté con ella—añadió.

—¿Cómo?

—Estuvo muy bien.

Mientras repetía que había estado muy bien, Yukio me dirigió una mirada profunda e irritada. Yo me quedé en blanco, como siempre, sin poder reaccionar.

—Estuvo muy bien—insistió.

Quería decir algo, pero tenía la boca cerrada como una

almeja gigante. Incluso me costaba mantener los ojos abiertos. Sin saber adónde mirar, dirigí la vista hacia la pecera de la tortuga. Yukio se colocó justo enfrente para obligarme a mirarlo.

—¿Por qué me lo has contado?—le pregunté cuando por fin me salió la voz.

—No te importa, ¿verdad?

Sus ojos brillaban mucho. Se me acercó con aquella mirada brillante. La tortuga chilló.

—¿Por qué crees que no me importa?

«No te importa», oí que repetía Yukio. En ese preciso instante, noté un fuerte impacto en la cara. Me había dado un bofetón. Empecé a verlo todo desde una perspectiva distinta: la mano que me había abofeteado se apartó de mi mejilla poco a poco. Vi las uñas claramente recortadas encima de los dedos. Entonces aquellos mismos dedos rodearon mi cuello y empezaron a apretarlo, primero suavemente y luego más fuerte. «¿Esto no debería ser al revés?—pensó mi cerebro dentro de mi cuerpo, que forcejeaba para escapar—. ¿No sería más lógico que fuera yo quien le diera un bofetón a él?». Hacía mucho tiempo que no utilizaba la palabra *lógico*. Me hizo gracia que se me ocurriera en un momento como ése. La tortuga chilló. Aquel día había chillado bastante. Con las manos, intenté apartar los dedos de Yukio de mi cuello, pero estaban fuertemente cerrados y no lo conseguí. Pensé que me mataría y me sorprendí. Tenía la cara congestionada, los pulmones me pedían aire y las extremidades me dolían. Mi cerebro era la única parte de mi cuerpo que estaba en blanco y no reaccionaba. La cara de Yukio era terrible. Pero imagino que la mía lo era aún más. Me habría gustado verla. Era una lástima que el espejo estuviera al otro lado de la habitación. Mientras lo pensaba, el cerebro se me iba apagando, y perdí la fuerza en los brazos y las piernas. Entonces Yukio apartó la mano de mi cuello.

Estuve un rato inconsciente, y cuando recuperé el conocimiento, Yukio me llevaba en brazos. Su cara volvía a tener su expresión habitual, que inspiraba confianza. No se disculpó ni me sonrió, sólo me sujetaba entre sus brazos con la mirada perdida.

—Me has hecho daño—le dije. Él asintió—. Me has hecho daño—repetí. Entonces me abrazó aún más fuerte. Las lágrimas saltaron de mis ojos sin que me diera cuenta. No lloraba porque estuviera triste, simplemente lloraba. Sin abrir la boca, me dejó en el suelo, me desnudó con delicadeza, hundió la cara entre mis pechos y me hizo el amor poco a poco. Como estaba tumbada en el suelo, la rabadilla se me clavaba y me dolía un poco la espalda. Mientras tanto, pensé que el sexo era la mejor forma de reconciliarse en una situación como aquélla. Aun así, no estaba segura de amar a Yukio. No estaba enfadada con él. Lo que me había hecho me parecía normal. Me dio pena y hundí la mano en su pelo. Él se movía sin decir nada.

—¿Te he hecho daño?—me preguntó.

—Sí—le respondí.

—No sé por qué lo he hecho—dijo al cabo de un rato.

La tortuga ya no chillaba. Yukio lamía todas las lágrimas que me resbalaban desde las mejillas hasta el cuello y se movía muy despacio, sin parar.

—Si estás conmigo, te acabarás hundiendo—le dije.

—Lo sé—me respondió.

Al otro lado de la ventana, el viento sacudía la ropa tendida y la luz de la tarde bañaba el tatami. De vez en cuando se oscurecía, como si las nubes cubrieran el sol, pero al cabo de un momento volvía a brillar con intensidad.

—Perdóname—dije en voz baja, sin saber si mis palabras iban dirigidas a Yukio o al cielo.

Él seguía moviéndose sin despegar los labios. Tenía dolorida la zona que me había estrangulado. Me dolían la espalda y el cuello.

Cuando Yukio me dijo que quería separarse, las marcas que sus dedos me habían dejado en el cuello habían desaparecido casi por completo. Recogió sus cosas ordenadamente, envolviéndolas en papel fino. Una vez envueltas, las embalaba en papel de burbujas y las metía en cajas de cartón, combinando los paquetes grandes con los pequeños para no dejar ningún hueco. Yo lo observaba distraídamente, sentada.

—¿Qué hacemos con la tortuga?—me preguntó—. ¿Quieres que te la deje aquí?

—Como quieras—le respondí. Él inclinó la cabeza un momento, reflexionando, y empezó de nuevo a empaquetar sus cosas. A ratos lo hacía de pie y a ratos sentado, de forma meticulosa y ordenada.

—¿Cuidarás de ella?

—No te preocupes, antes lo hacía sola.

—Ya—dijo Yukio, mirando la pecera de reojo. Hizo una mueca y suspiró sin quitarle la vista de encima.

—No me fío de ti, será mejor que me la lleve—dijo. A continuación, levantó la tortuga y la depositó en la palma de su mano.

—¡Ni hablar!—grité sin proponérmelo.

Me acerqué a él, cogí la tortuga por el caparazón y se la quité. El animalito encogió el cuello y empezó a agitar las patas en el aire. Volví a dejarla en la pecera. Yukio me miraba con los ojos abiertos de par en par.

—Cuidaré de ella—dije solemnemente, y él soltó una risita socarrona.

—Tú misma, quédatela si quieres—cedió, sonriendo tristemente.

—Yo cuidaré de ella—repetí varias veces, como una niña pequeña.

Yukio y yo mirábamos la tortuga como si fuera un pez exótico de un acuario. La tortuga chilló.

—Ha chillado—dije.

—¿De qué estás hablando?—me preguntó él.

—La tortuga ha chillado.

—Pues yo no he oído nada.

Después del primer chillido, pasó un rato y volvió a chillar. Yukio sonreía con una extraña expresión.

—Muy bien—dijo, haciendo una mueca.

—¿Vendrás a verme de vez en cuando?—le pregunté.

—Ya veremos—me respondió.

«Algún día lo superaré», pensé distraídamente.

—Cuídate—me dijo Yukio.

—Cuídate—repetí como un loro.

Yukio se fue tres días más tarde. No lo recuerdo muy bien, pero creo que desde entonces le he dado de comer a la tortuga una sola vez. Sigue chillando de vez en cuando.

POBRECITA

Clavé la uña en la piel del níspero y lo pelé. El jugo goteó y resbaló desde las puntas de mis dedos hasta la palma de mi mano, y luego se me deslizó por la parte interna del brazo. Miré disimuladamente a Nakazawa, que se estaba cortando las uñas de los pies, clic, clic, con la espalda encorvada, y no me vio.

—El jugo…—dije en voz baja, pero él no oía bien con el oído derecho. El jugo del níspero se detuvo al llegar a la altura del codo, en la cavidad del antebrazo. Intentando que no se cayera al suelo, rodeé a Nakazawa para ponerme a su izquierda y se lo enseñé, diciendo—: Mira.

Él volvió la cabeza bruscamente, echó un breve vistazo al jugo del níspero acumulado en la cavidad del codo y entonces cogió mi brazo y lo giró suavemente. El jugo goteó sobre el tatami.

—Lo has derramado—le dije.

Levanté la vista para mirarlo, y él asintió.

—Chúpalo—me ordenó.

—Pero…

—Chúpalo—repitió al verme dudar—. No te preocupes, tengo la casa limpia—añadió.

Me eché a reír al oír aquella observación, y él me dio un empujón. No fue demasiado brusco, sino más bien delicado, pero me caí al suelo. Mi mejilla fue a parar justo en el lugar donde había goteado el jugo del níspero.

—Cuanto más te lo pienses, más te costará limpiarlo—me advirtió Nakazawa. Entonces me cogió la cara con ambas manos y me arrimó la boca al suelo. Mientras me sujetaba la cabeza, empecé a lamer el jugo del níspero. «Debo de parecer un gato», pensé, pero seguí lamiendo hasta que sólo notaba el sabor del tatami.

—He terminado—dije.

Nakazawa me soltó la cara y me acarició el pelo.

—Así me gusta—dijo. Acto seguido, retomó lo que estaba haciendo y siguió cortándose las uñas ruidosamente, «clic, clic». Con aquel ruido de fondo, chupé el jugo reseco que había resbalado desde la punta de mis dedos hasta el codo, pasando por la palma de la mano, intentando que no quedara ni una gota. El brazo y los dedos se me quedaron pegajosos incluso después de haberlos limpiado con la lengua.

—Nakazawa—lo llamé. Él me miró sin decir nada, parpadeando. Asintió ligeramente y me tocó el brazo.

—Estás pegajosa.

A continuación, sacó la lengua y me lamió la muñeca.

—Yo también quiero nísperos—me pidió.

A pesar de que tenía los dedos regordetes, pelaba los nísperos con mucha habilidad, y se comió cinco casi sin derramar ni una gota de jugo. Escupió los huesos en el plato y se secó las manos con un paño. Entonces se tumbó en el suelo de lado, con la cabeza apoyada en la mano, y se puso a leer un libro. Cuando me levanté para recoger el plato, me agarró bruscamente el tobillo con sus gruesos dedos, sin incorporarse, y me dijo:

—No hace falta que lo recojas. Siéntate ahí.

Señaló un cojín con un golpe de mentón. Me arrodillé en el cojín y estuve quieta unos diez minutos. Mientras tanto, Nakazawa leía. Cambié de postura para estar más cómoda y esperé otros diez minutos, pero él seguía leyendo con una expresión que no sabría decir si era de entusiasmo o todo lo contrario. Cuando hice ademán de levantarme, me dijo sin inmutarse:

—No te levantes.

Me obligó a quedarme sentada sin moverme durante más de una hora.

Nakazawa y yo nos conocimos porque trabajábamos en la misma empresa. Desde entonces nos vemos a menudo.

Siempre me llama cuando menos me lo espero para citarme en una estación de tren poco frecuentada. Yo me arreglo, me dirijo hacia allí y me lo encuentro de pie junto a los torniquetes de la entrada. Él siempre es el primero en verme. Cuando yo lo veo, él ya me ha visto antes. Es como si tirase de un hilo: mi cuello está atado en un extremo, y cuando Nakazawa tira del hilo, me vuelvo hacia él.

Cuando me acerco a él, en su rostro aparece una amplia sonrisa que, justo después, se congela y empieza a derretirse poco a poco. Entonces echa a andar sin decir palabra. Sus pasos son mucho más grandes que los míos, y nunca duda a la hora de escoger una dirección. Cuando le pregunto si suele venir a pasear por el barrio, me responde que es la primera vez. Casi siempre lo es. «¿Por qué hemos quedado en esta estación, entonces?», me gustaría preguntarle, pero sé que no me lo diría. Probablemente se limitaría a responder: «Porque sí». Así que, en vez de preguntárselo, procuro permanecer a su izquierda. Su oído izquierdo es el bueno.

Cuando susurra «Qué bonito es este paisaje tan verde», yo asiento y le doy la razón: «Sí, lo es». Su oído izquierdo absorbe mis palabras. Nakazawa nunca me responde.

Si pasamos junto a un solar lleno de hierba, me propone:

—¿Hacemos el amor aquí?

—No—le digo yo.

—¿Por qué no?

—Porque la hierba pica y duele.

—Pobrecita, qué pena.

De todos modos, Nakazawa casi siempre me hace daño cuando nuestros cuerpos se unen. Aguanto el dolor mientras intento recordar si los demás hombres con los que he estado también me hacían daño. A veces me provoca el dolor con los brazos y las piernas, y otras veces con algún objeto.

Apenas recuerdo cómo era mi vida antes de conocer a Nakazawa porque mi memoria no quiere evocar aquellos recuerdos. Sé que todo era distinto, pero no sabría decir por qué. No lo recuerdo.

—Tú también te lastimarías las rodillas, Nakazawa.

—Podría quedarme de pie.

—¿De verdad quieres hacerlo?

—No lo sé.

Nakazawa y yo caminamos despacio. Cuando un pájaro canta, intentamos adivinar a qué especie pertenece. Cuando nos adelanta un camión grande, nos fijamos en la matrícula para saber de dónde es. A veces caminamos cogidos de la mano. De vez en cuando me adelanto o me quedo un poco rezagada, pero siempre procuro caminar a su izquierda. Paseamos una hora, más o menos. Luego regresamos a la estación y nos despedimos en el andén.

—Toma—me dijo Nakazawa mientras me pasaba una bolsa con una pata de pulpo—. Se puede comer cruda. —En la bolsa de plástico había una pata blanca con enormes ventosas—. Córtala a rodajas finas.

Se sirvió un vaso de sake y se sentó de piernas cruzadas

ante la mesa bajita. Cogió uno de los pepinillos del plato de verduras en salmuera que había sacado de la nevera para acompañar el sake.

—Aún tengo trabajo—le dije.

—Pues te espero—me respondió, y siguió bebiendo en silencio.

Estuve trabajando un rato sin prestarle atención, pero me distraje al oír una ambulancia que pasaba por la calle. Entonces levanté la vista y lo vi tumbado frente a la mesita, durmiendo con la cabeza apoyada en el brazo. Parecía que estuviera muerto porque no hacía ningún ruido. Lo llamé, pero ni siquiera parpadeó. Tenía la cara surcada de profundas arrugas. Su piel había perdido el color, y su cuerpo parecía una superficie plana.

—¿Estás durmiendo?—le pregunté, pero no se movió. Me acerqué a él para comprobar si estaba vivo y oí que respiraba—. No estás muerto, ¿verdad?

Sabía que no lo estaba, pero temí que estuviera agonizando y lo llamé otra vez. Sólo con pensar que podía estar al borde de la muerte, los ojos se me llenaron de lágrimas que empezaron a resbalar por mis mejillas, a pesar de que ni siquiera había tenido tiempo de reflexionar sobre el significado de la muerte y sobre cómo me sentiría si él muriera.

—¿Qué te pasa?—me preguntó Nakazawa, que acababa de abrir los ojos.

—No…, no lo sé—admití mientras me sonaba la nariz ruidosamente.

—Seguro que estabas imaginándote cosas raras.

—No me imaginaba nada.

—Entonces ¿qué te pasa?

—No me imaginaba nada, pero de repente ha sido como si hubiera entendido algo.

—¿Y qué es lo que has entendido?

—Quizá sólo me lo ha parecido porque ya no recuerdo qué era.

—Corta el pulpo, anda—me dijo Nakazawa, mientras me limpiaba las lágrimas con su dedo regordete—. Suénate bien—me dijo, y me ofreció tres pañuelos de papel.

—No puedo cortarlo.

—¿Por qué no?

—Porque las rodajas no me salen tan finas.

—Pues ya lo hago yo.

Las rodajas le salieron bastante gruesas. Quizá yo lo habría hecho mejor. Costaba masticarlas. Mientras comíamos pulpo, fuimos vaciando la botella de sake. Cuando no quedó ni una gota, Nakazawa se durmió de nuevo con la cabeza bajo el brazo. Lo observé sin hacer ruido, temiendo que volviera a parecer un cadáver, pero aquella vez no llegó a perder el color. Intenté reproducir la sensación que me había hecho llorar, pero la repentina revelación de antes se había esfumado sin dejar rastro. «Deben de haber sido imaginaciones mías», susurré mientras apoyaba la cabeza en la barriga de Nakazawa. Estaba blanda y hacía ruidos. Su barriga tenía una conversación mucho más amena que él. El pulpo estaba duro, pero era delicioso. Extendí el futón e hice rodar a Nakazawa para que se tumbara encima. Lo tapé con el edredón y me acurruqué a su lado. Como le daba miedo la oscuridad, dejé una lámpara encendida. En medio de la penumbra, distinguí encima de la mesita la botella de sake vacía y las dos copas, una grande y otra más pequeña.

Nakazawa tiene una extraña sonrisa sardónica y provocadora. Sonríe así cuando me hace daño. Al principio, cuando acabábamos de conocernos, se limitaba a recorrer mi cuerpo despacio, presionándolo ligeramente con sus dedos regordetes, paso a paso, sin llegar a hacerme daño, como si sólo me estuviera tanteando. Más adelante, cuando empecé a darme cuenta de que ya no podía separarme de él, tampoco había empezado a hacerme daño. Supongo que en ese momento aún habríamos podido separarnos. No hay nada imposible en este mundo corrompido. Sólo queremos convencernos a nosotros mismos de que hay cosas que no podemos hacer.

Hasta que un día, sin previo aviso, Nakazawa empezó a hacerme daño.

—He visto algo que parecía una flor—le dije aquel día, si no recuerdo mal.

—¿De qué estás hablando?—se sorprendió él, y me miró con los ojos como platos.

—Digo que he visto un campo de flores.

—¿Quieres decir que lo has pasado muy bien?

—Sí, supongo que sí.

—Es una metáfora muy tópica, ¿no crees?

—Tal vez.

Pero, en realidad, no era ninguna metáfora. Me había llevado a un lugar extraño. Era un sitio misterioso, claro y oscuro, donde crecían las flores y pasaban las nubes, un sitio pequeño que me hacía sentir bien. No había sido una reacción física como consecuencia del placer, los neurotransmisores de mi cerebro habían funcionado a la perfección, o quizá con algunas alteraciones; el caso es que no sólo lo había notado en algunas zonas de mi cuerpo, no: me sentí como si toda yo, entera, hubiera pasado a través de un conducto y hubiera aterrizado en aquel lugar.

—Lo haces muy bien—le dije.

—Qué va.

—¿Tú crees?

—No hay caballo, por bueno que sea, que no tropiece.

—¿No crees que ese dicho está un poco anticuado?

—No, no está anticuado. Es estúpido.

Tumbados en el futón, nos enfrentábamos verbalmente como los cangrejos que echan burbujitas para defenderse. De repente, mientras discutíamos, Nakazawa empezó a hacerme daño.

Siempre me pregunta si me duele. Cuando le digo que sí, se modera un poco.

—¿Todavía te duele?

—No tanto como antes.

Mientras me lo pregunta, sigue haciéndome daño. Yo me aguanto. Antes de conocer el dolor no sabía soportarlo y me dispersaba, pero ahora he aprendido a concentrarme en mí misma.

—¿Por qué me haces daño?—le pregunté un día. Creo que habíamos acabado de hacer el amor y teníamos las piernas entrelazadas.

—Porque me apetece.

—¿Te inventas historias excitantes mientras me haces daño?

Nakazawa reflexionó un rato. Yo también me quedé pensativa.

—No, creo que no.

Yo tampoco. Cuando hago el amor con él, no necesito recurrir a la imaginación. Si lo hiciera, mi compañero podría ser otro, cualquier otro. Eso no significa que Nakazawa sea el único, pero si no mantengo relaciones con él, me aburro. La cosa pierde gran parte de su interés.

—Entonces ¿por qué me haces daño?

—No lo sé.

—Me gusta que me hagas daño.

—¿En serio?

—Sí. ¿Quieres que yo también te lo haga?

—A lo mejor algún día me gustaría.

—Pues te haré daño. Cuando tú quieras.

Me acosté a la izquierda de Nakazawa, que se quedó dormido bajo la luz de la pequeña lámpara mientras yo le repetía sin cesar: «Te haré daño».

«¿Por qué me gusta que me haga daño si el dolor me hace sufrir?—me pregunté—. Quizá dejo volar la imaginación y finjo lo contrario, quizá creo que no me invento historias pero sí lo hago. Quizá obtengo placer con cosas que no deberían dármelo, o me dejo llevar por un fugaz sentimiento de superioridad». Ninguna de esas respuestas me parecía lo bastante satisfactoria, pero mientras reflexionaba me entró sueño y me quedé dormida acurrucada junto a él.

Me ató para que no pudiera moverme ni un ápice.

Me hizo más daño que de costumbre.

Me había atado tan fuerte que ni siquiera podía dar rienda suelta a la imaginación. Sólo había dolor. Nakazawa me miraba desde arriba con la misma expresión extraña de siempre. Cuando yo desviaba la vista, me decía:

—Mírame.

Me volví de nuevo hacia él, sin mirarlo directamente a los ojos, pensando que quizá habría preferido que le hubiera respondido. Me habría gustado preguntárselo, pero no lo hice. A lo mejor me habría respondido porque es muy educado, pero seguro que lo habría incomodado.

Me acarició el cuello con ambas manos, como si me estuviera estrangulando. La piel se me calentó poco a poco. Cerré los ojos.

—Abre los ojos—me ordenó.

Sin dejar de acariciarme el cuello, Nakazawa me rozó los pechos con los labios. Solté un gemido involuntario.

—Cállate—me dijo.

Como insistía en acariciarme los pechos con los labios, yo no podía evitar gemir. Me sorprendió no poder controlar mi voz, aunque quizá habría podido, pero no lo hacía porque, en el fondo, quería que me regañara, y él lo sabía. No me cabía ninguna duda.

—¡Silencio!

Nakazawa me mandó callar en un tono imperativo, tal y como yo deseaba. Sus movimientos eran cada vez más rápidos, y mis pensamientos se interrumpieron. Sólo tuve que tomar la decisión y, simplemente, dejé de pensar. Pero en cuanto bajaba la guardia, los pensamientos aparecían de nuevo. Sabía que a Nakazawa le ocurría lo mismo que a mí. Tan pronto como se distraía, empezaba a moverse más despacio y su mirada se perdía. Sus movimientos denotaban cierta vacilación, no eran tan enérgicos como habían sido hasta entonces.

—Me haces daño—protesté, con una voz dulce y débil.

—¿Te hago daño?—me preguntó él, encima de mí.

—Sí.

Nakazawa me cubre con su cuerpo, me hace temblar, se interrumpe, me da la vuelta, me libera. En algunos momentos quiero pensar, pero no puedo. Aunque siempre he creído que no hay nada imposible, a veces hay cosas que no puedo hacer. Cuando quiero que algo sea imposible, me acerco hasta el límite de la imposibilidad hasta casi alcanzarla.

Hice una mueca de sumisión. Nakazawa se moderó un poco y me miró fijamente.

—Abre los ojos—me ordenó por enésima vez.

—Sí—le respondí con un hilo de voz, obedeciéndolo.

Su cara estaba justo encima de la mía. Seguía moviéndose enérgicamente, pero noté un punto de indecisión en su cuerpo. Yo no podía vacilar. Aunque estuviera atada e inmovilizada, dentro de mí reinaba una frenética agitación. Nakazawa empezó a besarme la cara y a acariciarme lentamente las mejillas con sus gruesos dedos.

Grité, aunque sabía que no me lo permitía. No me importaba que me regañara.

—¡Nakazawa!—exclamé.

Había un deje de tristeza en mi voz. Él me miró desde arriba.

—Sí—asintió mientras me acariciaba la frente—. Eres un encanto.

Todo mi cuerpo estaba dolorido. Sólo sentía dolor. Me preguntaba por qué Nakazawa me hacía daño, pero no podía enfadarme aunque quisiera. Por eso mi voz sonaba tan triste.

—Pobrecita—dijo él, mirándome. Dicho esto, superó aquellos breves instantes de vacilación y empezó otra vez a moverse sin piedad. Cuando todo hubo terminado, dijo de nuevo—: Pobrecita.

—¿Por qué te compadeces de mí?

—Todos somos dignos de compasión.

Parecía otra vez que estuviera muerto, como aquel día. Por fin me había desatado. Yo también debía de tener un aspecto cadavérico. Sin embargo, ambos estábamos vivos. Los pensamientos me habían invadido de nuevo, y me preguntaba por qué le permitía que me hiciera daño y por qué él disfrutaba provocándome dolor. En cambio, los cadáveres no piensan.

—Nakazawa.

No me respondió. Se había quedado dormido. Lo abracé con todas mis fuerzas y él hizo un ruido que sonó como un largo suspiro. Lo abracé de nuevo y se le escapó un pedo.

—Me has hecho daño—le susurré al oído.

—Ya, yo también—me respondió en sueños, con sinceridad. Me acurruqué entre sus brazos. Al principio mi cuerpo estaba tenso, pero pronto me relajé. «El dolor me relaja», pensé mientras me dejaba vencer por el sueño.

Caminaba despacio por el margen del camino de piedra. En cuanto perdía el equilibrio, Nakazawa me daba la mano. Habíamos montado en la noria, que nos había llevado muy arriba. En el cielo sólo había algunas nubecitas que parecían pintadas. Habíamos estado contemplando la muchedumbre desde el punto más alto del círculo.

—Me apetece un estofado—había dicho Nakazawa.

—¿Con este calor?

—Sí, con una copita de sake.

—¿Ni siquiera aquí arriba puedes dejar de pensar en beber?

—Es que las alturas me dan sed.

—Entonces cuando bajemos ya no te apetecerá.

Pero mientras bajábamos, Nakazawa había seguido riendo y hablando sin parar de estofados, salchichas, sake y cerveza.

—No sabía que te gustaran los parques de atracciones, Nakazawa.

—Me parecen lugares llenos de felicidad.

—Hay gente que dice que son tristes.

—¿Por qué a alguien puede parecerle triste un parque de atracciones?

—Quizá porque hay mucha gente, porque se oye música de feria y porque cuando oscurece encienden las lucecitas.

—Eso no es triste.

—¿Te apetece una cerveza?

—¿Vas a empezar a beber a plena luz del día? ¡Hay que

ver!—se burló Nakazawa. A pesar de todo, compró dos latas de cerveza grandes. También pidió una salchicha, un estofado y unas palomitas. Montamos en el tiovivo y en la montaña rusa, y entramos en la casa encantada. En el puesto de tiro ganamos tres ranas de peluche, y luego fuimos a comer fideos fritos.

Al anochecer, cuando el parque se iluminó, dimos otra vuelta en el tiovivo. En vez de montar cada uno en un caballo distinto, nos sentamos juntos en una especie de carroza, los dos mirando hacia delante. Cuando la plataforma empezó a girar, la carroza se deslizó suavemente y una ligera fuerza centrífuga hizo que nos inclináramos hacia la parte exterior. Uno de los dos, no recuerdo quién, tomó la mano del otro. Yo estaba sentada a su izquierda, como de costumbre.

—Nakazawa—lo llamé, y él me miró.

—Dime. ¿Qué pasa?

—Nakazawa…—No sabía qué quería decirle. Él tenía la boca entreabierta—. Los parques de atracciones me hacen feliz—le dije, cuando por fin se me ocurrió algo.

—¿Lo ves? Yo siempre lo digo.

—Pues a mí me suena un poco rara esa frase.

—Para mí, un parque de atracciones es como un señor mayor con la cabeza muy grande que toca muy bien la flauta, y no me suena nada raro.

—¿Un señor mayor?

—Sí, un viejo.

—Nakazawa…

—Estamos a punto de frenar.

El carrusel empezó a detenerse poco a poco.

Era incapaz de recordar los momentos que habíamos compartido hasta entonces. Me daba la sensación de que todo a mi alrededor era blanco, de que el cielo y la tierra habían desaparecido y Nakazawa, que estaba a mi lado, estaba a punto de salir volando. Como si se hubiera reunido con el señor que tocaba la flauta y quisieran irse de allí. Lo abracé tan fuerte que apenas podía caminar. Tenía miedo, y no pensaba soltarlo. Pobrecita. «Todos somos dignos de compasión», dije, repitiendo sus palabras. Aunque hubiera oscurecido, el parque de atracciones siempre estaba iluminado.

EL PAVO REAL

—Un día un enorme pavo real se montó encima de mí—dijo Hashiba, animándose de repente—. Te aseguro que lo recuerdo como si fuera ayer.

—¿Un pavo real?—repetí extrañada, y él asintió.

—Todos los veranos pasábamos unos días en casa de mi tía de Nakata. Fue allí donde me pasó.

Su tía vivía en una vieja granja donde toda la familia se reunía para celebrar el festival de Obon. Encendían las hogueras para recibir a los espíritus de los antepasados, llenaban una cesta de berenjenas y pepinos según la tradición y hacían ofrendas de fruta y dulces de colores chillones al altar budista. Dentro de la cocina llena de vapor se oían los golpes constantes del cuchillo contra la tabla de cortar que utilizaban su madre, su abuela y sus tías. Colocaban los cuencos y los platos en bandejas de madera que llevaban de la cocina al comedor. Como había tanta gente, tenían que hacer varios viajes.

—Cogían las bandejas de madera roja con ambas manos, como si fueran ofrendas, y las llevaban arriba y abajo con sus pasitos cortos, arrastrando los pies—me explicó Hashiba poco a poco, mirando hacia arriba.

Cuando era pequeño, arrodillado en un rincón del pasillo, observaba los pies blancos y carnosos de su madre y sus tías cada vez que pasaban delante de él. El pasillo medía casi tres metros de largo. En la pared, escondidos en la penumbra, había algunos estantes y armarios bajos atiborrados de platos y cuencos viejos, papeles para tirar y herramientas de campo oxidadas. El intenso aroma de las barritas de incienso se mezclaba con el olor de la soja y la comida frita. Durante el festival de Obon, nadie dejaba que se apagara el incienso.

Cuando se cansaba de ver pasar los pies de las mujeres, Hashiba se sentaba ante el altar y hojeaba el libro de antepasados de la familia, tocaba el *mokugyo*, un instrumento de madera en forma de pez, o hacía sonar la campanilla. Luego se sentaba en el cojín donde había estado el monje que había venido a recitar sutras durante el día y lo imitaba diciendo palabras sin sentido. Al poco rato, lo llamaban y se sentaba delante de su plato. El sake circulaba en abundancia, las mujeres comían y servían a la vez y las caras de los hombres se enrojecían por culpa del alcohol.

—La comida se alargaba y todo el mundo bebía demasiado. Cuando se hacía de noche, me llevaban a dormir en una habitación del fondo de la casa.

La habitación daba al porche, medía unos seis tatamis y estaba iluminada por una lamparita. Como hacía calor, la puerta corredera del porche estaba abierta de par en par, y la brisa traía el olor a tierra y a césped. Bajo el suelo de madera se oían los chirridos de los grillos.

—Entonces me quedé dormido, pero me desperté de repente porque la parte de arriba del pijama se me había levantado y tenía la sábana doblada hacia atrás.

En ese instante, el pequeño Hashiba se dio cuenta de que tenía un gran bulto encima del pecho que no sabía qué era: desprendía calor, hacía una especie de arrullo y pesaba mucho.

—Oía a la gente cantando y gritando en el comedor, pero todavía estaba medio adormilado. Aquella cosa pesaba muchísimo—prosiguió Hashiba, con cara de regocijo—. Era un pavo real que se había sentado encima de mí, con las alas cerradas y el vientre en mi pecho, arrullando. Era una bestia enorme y parecía estar muy cómoda encima de mí.

Hashiba separó las manos para que me hiciera una idea del tamaño del animal. Tenía las dimensiones de un atún.

—¿Tan grandes son los pavos reales?—exclamé.

Él asintió enérgicamente.

—En realidad, no era un pavo real normal y corriente —precisó.

Cuando Hashiba me cuenta anécdotas, nunca sé distinguir dónde termina la realidad y empieza la ficción. Un día, hace tiempo, me explicó que él y su ex amante habían estado a punto de suicidarse juntos. Al principio me lo tomé en serio, hasta que escuché la continuación de la historia:

—Decidimos que nos suicidaríamos bebiendo, pero ella toleraba muy bien el alcohol. Yo también lo aguanto bastante bien, así que al final ninguno de los dos murió, y al día siguiente teníamos una resaca de campeonato—dijo en un tono muy poco creíble.

—¿Cómo vas a morir bebiendo sake?—exclamé.

—Es que tú te lo tomas todo demasiado en serio, Tokiko—me reprochó.

—No pensabais suicidaros, sólo os emborrachasteis—insistí, molesta por aquel comentario.

—No te creas, la vida es más compleja. No te lo tomes todo tan a pecho y vamos a beber.

—Eso es lo que querías desde el principio.

Después de esta conversación, Hashiba y yo acabamos bebiendo sake barato. Como consecuencia natural, yo me emborraché antes que él, que «aguantaba bastante bien el alcohol». Una vez más, la noche terminó sin que pudiera intimar más con Hashiba. No porque yo no quiera, sino porque él no me lo permite. Aunque estemos a punto, siempre se escabulle con cualquier excusa.

—¿Qué ruido hacen los pavos reales?

—No lo sé. El que se puso encima de mí no gritaba. Sólo hacía un ruido gutural que sonaba como un gorgorito.

—¿Qué sentiste mientras lo tenías encima?

La conversación siguió por estos derroteros.

Al día siguiente tenía una resaca tan fuerte que la cabeza me daba vueltas aunque estuviera sentada. Cada vez que me sentía mareada, pensaba en el pavo real. Tenía la sensación de que, en un pasado muy lejano, un pavo real también se había sentado encima de mí. Su cuerpo era cálido, húmedo y pesado. ¿Cómo sería estar bajo el cuerpo de Hashiba? Seguro que pesaría mucho y desprendería más calor que un pavo real. Dentro de mi cerebro embotado, el pavo real y Hashiba se mezclaron y formaron una extraña combinación que me provocó una sensación placentera y desagradable a partes iguales. Me pregunté cómo me sentiría si, en vez de estar bajo el cuerpo de Hashiba, me pusiera encima de él como el pavo real. Me gustaría quedarme quieta sentada en su pecho, arrullando. Notaría el olor a tierra húmeda del jardín, y oiría de lejos los cánticos y las voces alegres procedentes del comedor, y los espíritus de los antepasados se acercarían a las hogueras encendidas en su honor, y las llamas que los iluminarían al fondo del jardín oscilarían ligeramente. Me gustaría ser un pavo real para poder poseer a Hashiba. Pero él no se dejaría forzar fácilmente. Era muy cabezón, así que no me quedaría otra que imitar al pavo real, acurrucarme encima de él y quedarme quieta, fingiendo que dormía.

Poco después me aplastó una especie de pavo real enorme.

Un hombre al que conocía más bien poco me forzó. Quizá fue porque había querido poseer a Hashiba. El caso es que aquel hombre y yo nos quedamos a solas, y en cuanto tuve el presentimiento de que algo iba mal, me violó. Pronto me quedé sin fuerzas para seguir defendiéndome, así que tuve que dejar que continuara, y todo terminó antes de lo que me había imaginado. Luego me quedé callada y él me miró.

—Esto es porque me gustas—me dijo.

—Te odio—le respondí.

Él me miró un momento, levantó la mano, vaciló un poco y al final bajó el brazo sin tocarme. En vez de pegarme, se fue mascullando amenazas.

—Si se lo hubieras dicho antes, a lo mejor sí te habría pegado—me dijo Hashiba. Su voz tranquila fue como un bálsamo. Lo había dicho en tono de broma, y precisamente por eso consiguió hacerme sentir mejor.

Nos habíamos emborrachado, me fui de la lengua y al final se lo conté todo. Probablemente sólo había intentado convencerme a mí misma de que, si era capaz de explicárselo a alguien, era porque la cosa no había sido tan grave. No sabía si era una buena idea contárselo precisamente a Hashiba, con quien intentaba tener una relación más íntima, pero su forma de ser te empuja a explicárselo todo. Es fácil bajar la guardia cuando estás con él.

—¿Te apetece un plato de ocras?—me preguntó como si nada hubiera pasado, y lo pidió sin esperar mi respuesta. Pronto nos trajeron unas ocras con la punta cortada, acompañadas de nabo rallado.

—Están deliciosas, ya lo verás. Pruébalas con un poco de vinagre—me aconsejó, mientras aliñaba el plato con un buen chorro de vinagre.

—¿No serán demasiado ácidas?

—El vinagre es muy bueno para la salud. Seguro que

cuando eras pequeña te explicaban la historia de los niños de circo a los que obligaban a beber vinagre para que fueran más flexibles.

—Pues dudo mucho que fuera bueno para su salud…

—Claro que lo era. Por cierto, hablando de circos, me encantan los trapecios.

Hashiba siempre era así, incoherente y escurridizo. Como no encontraba la forma de poseerlo, me dejé violar por un hombre que no me gustaba. Aquella reflexión me hizo saltar las lágrimas.

—¿Estás llorando?—me preguntó.

—No—mentí, mientras las lágrimas resbalaban por mis mejillas. Apenas me salía la voz, sólo un llanto incontenible.

—No llores.

—Quiero llorar.

—Las lágrimas no te hacen muy atractiva.

—A ti nunca te he parecido atractiva.

—No es verdad, en cierto modo lo eres.

—¿Qué significa en cierto modo?

—Pues eso, en cierto modo.

—A mis cuarenta años no tengo muchas oportunidades de que me digan que soy atractiva, así que haz el favor de explicarte.

—No es la edad lo que te resta oportunidades, sino tu forma de ser—rió él, escurriendo el bulto de nuevo, como siempre.

Hashiba sorbía su sake poco a poco. Yo comía las ocras, que eran pegajosas. Se me habían agotado las lágrimas. Había dejado de llorar porque todo era demasiado incoherente. ¿Cómo era posible que, a mis cuarenta años, no estuviera segura de si me habían violado o no? No era la edad lo que me avergonzaba, sino mi estupidez, impropia de mi edad. Me sentía estúpida e imprudente por no haber logrado impedir que me violaran.

—No estoy segura—dije, mientras ambos alargábamos la mano y cogíamos una ocra a la vez.

—¿De qué?

—A lo mejor lo hicimos de mutuo acuerdo.

—Eso suena terrible—susurró Hashiba. Su tono de voz era completamente distinto del que había utilizado hacía un momento, cuando se había vuelto, había llamado al camarero y le había hecho un nuevo pedido. Aquellos cambios de voz eran muy típicos en él.

Yo también sorbí un poco de sake. Ya no recuerdo con nitidez el momento de la violación, era como si sólo pudiera entrever vagamente mis reacciones a través de una capa de niebla.

—La expresión «de mutuo acuerdo» es demasiado formal.

—¿En serio?

—Sí.

—Creo que no te sigo.

Hashiba me miró directamente a los ojos.

—Para hacer algo de mutuo acuerdo, dos personas deben tener una especie de «objetivo mutuo».

—Nunca había oído eso.

—Ya lo sé, me lo acabo de inventar.

—Suena muy raro.

—Sí, ¿verdad? Es raro que cuando dos personas están juntas necesiten un objetivo mutuo.

—Tienes razón.

—Es mucho mejor dejar que las cosas sigan su curso, de forma natural.

Si esperaba que las cosas siguieran su curso, nunca conseguiría que mi relación con Hashiba diera un paso más.

El otro hombre me había violado sin esperar que las cosas surgieran de forma natural. Me sentía culpable por no haber sido capaz de impedirlo. En otras palabras, me preocupaba la sensación de haberle dado la oportunidad de que me violara.

—Me siento estúpida porque no sé si surgió de forma natural o si él forzó la situación—admití, y Hashiba me sirvió más sake. Si entonces me hubiera echado a llorar otra vez, quizá él me habría abrazado y por fin habríamos dado un paso más en nuestra relación, pero incluso eso me hizo sentir culpable.

—Estúpida—masculló sin poder evitarlo, y lo repetí tres o cuatro veces seguidas.

—¿Te sientes mejor?—me preguntó él al cabo de un rato, mientras masticaba una sardina seca.

—¿Crees que es fácil?—le espeté.

Habría sido mucho más cómodo echarle toda la culpa a aquel hombre. El problema era que ni siquiera yo sabía hasta qué punto me había forzado o yo se lo había permitido.

—Prueba las sardinas, están de muerte—me ofreció Hashiba, sin inmutarse.

—¿Y si tuviera un pavo real como mascota?—dije mientras masticaba una.

—¿En tu casa?

—Sí.

—Sería una pena tenerlo enjaulado.

—Lo engordaría para comérmelo.

—¿Por qué tenéis la parte interna de los brazos tan blanca?

—¿A qué viene eso?

—Los brazos y las piernas de las mujeres siempre son más blancos que los nuestros.

—Me compraré un pavo real.

—Mi madre, mi tía de Nakata y las otras tías que estaban en la casa aquel día ya están muertas.

Seguimos comiendo sardinas, tripas fritas y pepino y nabo en salmuera para acompañar el sake. Aunque no fuera nada habitual, Hashiba también se emborrachó. Cuando me di cuenta de que iba borracho, tuve un instante de lucidez. Aquel momento de sobriedad nació con la idea de que quizá por fin había llegado la hora de que Hashiba y yo tuviéramos una relación más íntima. Pensé que, si conseguía mantenerlo borracho, caería en mis redes.

—¿Nos vamos?—propuse.

Mientras yo iba a pagar la cuenta, él se quedó sentado, balanceándose en la silla de lo borracho que estaba. Luego lo ayudé a levantarse, lo cogí del brazo, pasamos bajo las cortinitas de la puerta y salimos a la calle.

Tan pronto como salimos, volví a notar los efectos del alcohol. Hashiba, en cambio, dejó de tambalearse, como si nos hubiéramos intercambiado los papeles.

—Me encuentro fatal—dije, y apenas me dio tiempo a agacharme.

—¿No estás bien?—me preguntó él con voz temblorosa, sin hacer ademán de ayudarme.

—Creo que voy a vomitar—anuncié, y así lo hice. Como me daba vergüenza vomitar delante de él, intentaba contenerme y me dio el hipo.

—Tokiko—dijo Hashiba detrás de mí—. ¿Quieres que vomite yo también?—me preguntó, como si fuera lo más natural del mundo.

—Sí—le respondí yo, también con total normalidad. Acto seguido, se agachó a mi lado y se provocó el vómito. Hacía más ruido que yo, de modo que me sentí más cómoda y vomité más a gusto. Vomitábamos los dos juntos, alternativamente. Primero él, luego yo. Primero yo, luego él. Seguimos así un buen rato.

—¿Cómo te encuentras?—me preguntó cuando terminamos, con la misma naturalidad de antes.

—Necesito enjuagarme la boca—le respondí yo, también como si nada.

Hashiba se alejó hacia una vieja máquina expendedora de bebidas que quedaba un poco apartada y compró una lata de té verde. La abrió mientras regresaba, sorbió un poco de té, se enjuagó la boca y escupió al suelo.

—Toma, Tokiko, enjuágate tú también.

Hashiba me alargó el té que quedaba.

—Hemos ensuciado la calle—dije.

—No te preocupes, servirá de abono para las plantas —repuso él con indiferencia.

—No lo creo.

—Claro, mujer. Lo único que ha pasado es que el pepino, las ocras, el nabo, las sardinas y las tripas han vuelto a la tierra.

El té verde me refrescó la boca.

—Qué desperdicio.

—El té también es una planta, seguro que le habrá gustado volver a sus orígenes.

Noté una ligera irritación. Según Hashiba, lo importante era dejar que las cosas siguieran su curso, pero me daba la sensación de que se equivocaba. Es imposible dejar que las cosas sigan su curso. Aunque parezca que todo fluye de forma natural, no es más que una ilusión.

—¿Te apetece una última copa?—le propuse sin pensarlo demasiado, todavía irritada.

—¿Una última copa? Utilizas expresiones muy pasadas de moda, Tokiko.

—¿Vienes o no?—grité sin aguantar más.

—¿Conoces algún sitio por aquí?

—No conozco esta zona, pero si buscamos un poco seguro que encontramos algo.

Estaba convencida de que Hashiba cambiaría de tema y saldría al paso diciendo cualquier tontería, como que los pavos reales son muy monos o algún comentario parecido, por eso me sorprendió cuando dijo:

—Pues vamos… Vamos a tomar la última copa—añadió, repitiendo mis palabras. Acto seguido, me rodeó los hombros con el brazo y echó a andar. Yo también me puse en marcha, como si él me arrastrara.

La noche era oscura. Había olvidado que la oscuridad pudiera ser tan negra.

Andábamos cogidos de la mano. La suya estaba fría.

Cuanto más avanzábamos, más me desanimaba, y cuanto más me desanimaba, más me pesaban las piernas. Me sentía como si las tuviera llenas de plomo. Hashiba caminaba delante de mí. La distancia que nos separaba crecía poco a poco.

—¡Espérame!—grité. Él se volvió a medias y me esperó. Cuando estaba a punto de alcanzarlo, echó a andar de nuevo. Al poco rato ya nos habíamos separado otra vez. Aquella escena se repitió varias veces, hasta que, al final, me cansé de llamarlo.

—Ya estoy harta—murmuré, y me senté en el suelo.

Él siguió andando sin volverse. Pensé que era inútil tratar de alcanzarlo, así que saqué el libro que llevaba en el bolso y me senté encima a modo de cojín. Cuando era pequeña, mi padre me decía que pisar los libros o sentarse encima de ellos traía mala suerte. Por un momento odié a

Hashiba con todas mis fuerzas. Sabía de sobra que no podía reprocharle nada, pero lo odié.

—Hashiba—lo llamé en voz baja. Era imposible que pudiera oírme, y siguió andando sin volverse—. Me gustas —dije.

No sabía exactamente qué significaba eso. *Gustar* era una palabra muy egoísta. El hombre que me había violado me había dicho: «Esto es porque me gustas». Yo quería tomarme una última copa con Hashiba porque me gustaba. A él le gustaban las tripas fritas, el hígado crudo y las verduras en salmuera, y probablemente al pavo real le había gustado Hashiba.

Hashiba retrocedió y se quedó de pie a mi lado.

—¿Qué te pasa, Tokiko?

—Me gustas—repetí.

—Ya—repuso él, acariciándome la cabeza. Su gesto me provocó ganas de llorar, y las lágrimas se me escaparon sin querer.

—Estás llorando—dijo él. Volví a odiarlo con todas mis fuerzas. Me enfadé por odiarlo de aquella forma tan irracional, y me odié aún más a mí misma. Odiaba el mundo entero, con todo lo que contenía—. Estás llorando—repitió.

Es muy fácil odiar. El odio se alimenta de sí mismo. Su aparición bloquea algo dentro de mí. Podría llorar, odiar o reír, y todo terminaría. Pero, en realidad, las cosas nunca terminan. Siempre siguen. Siguen, quizá, hasta que mueres.

—Sí, estoy llorando—admití, y me acerqué a él. Entonces me abrazó, y me gustó. Lo odiaba y lo quería a la vez. Sentí ganas de sentarme encima de él, de acurrucarme en su pecho como el pavo real, arrullando, y quedarme quieta.

—No he encontrado ningún sitio donde podamos tomarnos la última copa—dijo Hashiba mirando al cielo.

—No importa—le respondí, y me libré suavemente de su abrazo. Mis ojos se habían acostumbrado a la oscuridad y distinguía las siluetas de las cosas: farolas, rodadas, charcos y malas hierbas flotaban ante mí como figuritas de papel. Dejé de llorar y me levanté.

—¿Adónde vas?—me preguntó.

—A ninguna parte—le respondí, y me adentré en un solar lleno de maleza. La hierba estaba muy alta en verano, mucho más que yo. Unas hojas salvajes brotaban de los gruesos troncos. El solar era más grande de lo que pensaba. Creía que sólo sería un pequeño terreno vacío en medio de la ciudad, pero no veía los límites. Cuanto más me adentraba, más alta era la hierba. Me sentí como si estuviera encogiendo. Como si fuera del tamaño de una mantis o de un grillo, minúscula entre la vegetación.

—¡No te alejes demasiado!—me advirtió Hashiba.

«Ven conmigo—le respondí para mis adentros, pero él me llamaba sentado en el suelo—. Ven conmigo, Hashiba», repetí mentalmente varias veces. Sin embargo, no parecía dispuesto a seguirme.

—Anda, vuelve—me pidió dulcemente.

Me puse cabezota y me quedé de pie entre la hierba. Mientras estaba quieta ahí dentro me sentía cada vez más como un insecto. Habría preferido ser un insecto, pasarme un par de noches cantando, reproducirme y volver a formar parte de la tierra.

—¡Tokiko!—me llamaba Hashiba, pero yo no lo veía. La espesa maleza lo cubría por completo. Ahí dentro estaba oscuro. Mucho más que en la calle.

Me sentía bien conteniendo la respiración en medio de la oscuridad. Era como si me estuviera vengando de Hashiba, del hombre que me había violado y del mundo entero. ¿Qué derecho tenía yo a vengarme de Hashiba? ¿Y con qué derecho se había vengado aquel hombre de mí? Debía de haber una especie de relación de causa y efecto que desconocía aunque, casualmente, yo fuera el nexo de aquella relación. Me negaba a aceptarlo. El caso es que, tanto si lo aceptaba como si no, las cosas pasaban sin que pudiera evitarlo.

—¡Tokiko!—me llamó Hashiba por enésima vez.

Cuando los ojos se me acostumbraron a la oscuridad, me di cuenta de que, de hecho, el solar no era tan grande como me había parecido. Pronto choqué con el muro exterior de una casa. No era un bosque de maleza que se extendía hasta el infinito. Aun así, la hierba estaba tan alta en aquella época del año que me cubría por completo.

—Tokiko, sal de ahí—insistió Hashiba.

—No quiero—me obstiné.

—No tienes remedio.

—No, no tengo remedio—le respondí desde dentro.

—¿Sabes?—empezó Hashiba—. Pienso a menudo en aquel pavo real. Cuando me pasa algo, siempre recuerdo la sensación de tenerlo encima. Te dije que me había sentido asustado y fascinado a la vez, pero la verdad es que no serían las palabras exactas. Sólo sentía su peso en mitad de la oscura noche, bajo una luz muy tenue. El peso del animal era lo único que sentía.

Su voz pronto se apagó, yo estaba de pie, él estaba sentado, la hierba era alta, el viento la agitaba de vez en cuando. No dijimos nada más. En medio de la maleza, tan pronto me notaba el cuerpo del tamaño de un insecto como volvía a sentirme humana. El cielo parecía haberse aclarado, aunque todavía faltaba mucho para el amanecer. Hashiba permaneció sentado y en silencio. El amor que sentía por él se derramó y, justo después, volvió a solidificarse. Mis sentimientos se derretían y se endurecían como la cera que gotea de una vela y se solidifica antes de llegar al pie. Goteaban sin cesar en mitad de la noche, entre la hierba.

Quería salir del solar, pero las piernas no me obedecían. ¿Estaba asustada? Probablemente. ¿De qué? Lo que me daba miedo era precisamente no saberlo.

—¿Estás bien?—me preguntó Hashiba en voz baja. En cuanto lo oí, mis piernas reaccionaron y salí del solar tambaleándome. A duras penas había conseguido salir de aquel bosque de malas hierbas, de aquel pequeño terreno incrustado en la ciudad. Hashiba, con el ceño fruncido, se levantó sacudiéndose el pantalón.

—Me gustaría volver a casa de mi tía de Nakata—susurró mientras me tomaba la mano con delicadeza—. Aunque ya la hayan derribado, me gustaría ver aunque sólo sea el lugar donde estaba. —Su voz era tierna, y denotaba debilidad e inseguridad—. ¿Querrás acompañarme?—me preguntó. Le respondí moviendo la cabeza—. El sake de Nakata está muy rico.

—Sí.

—Yo nunca lo he probado, pero debe de estarlo porque todos se ponían rojos como pimientos cuando bebían.

—Sí.

Sólo podía responderle con monosílabos. Hashiba había retomado su conversación sin pies ni cabeza. A lo mejor él también estaba asustado. Quizá aquel monólogo incoherente reflejaba el miedo que sentía. Yo iba respondiendo que sí mientras sus palabras tenían cada vez menos sentido.

—¿Sabías que los espíritus de los antepasados entran por la puerta? Se dirigen hacia las hogueras de bienvenida. En la región de Nakata tienen la costumbre de comer insectos. Sobre todo saltamontes y larvas de insectos acuáticos. A mí no me gustan, ¿y a ti? Olvídate de comprarte un pavo real, será mejor que te compres un gorrión de Java doméstico. ¿Sabes? Me apetece beber otra vez. Ahora tengo sueño, ¿vamos a casa? Vamos a la cama.

Yo me limitaba a asentir cada vez que decía algo. Mis piernas pesaban como si fueran de plomo. Hashiba y yo caminábamos, pero apenas avanzábamos. Nos dirigíamos a la deriva hacia algún lugar. Yo pensaba que tenía miedo, que todo me daba miedo, y andaba sin saber hacia dónde.

CIEN AÑOS

Hace mucho tiempo que estoy muerta.

Sakaki y yo intentamos suicidarnos juntos, pero él sobrevivió. Sólo morí yo.

Al morir, no sabía qué hacer. Reaparecí en forma de espectro, incapaz de abandonar el mundo de los vivos, pero ahora todo eso ya no tiene importancia. Aun así, sigo pensando en él constantemente.

El otro día, Sakaki murió a los ochenta y siete años. Digo el otro día, pero ya ha pasado bastante tiempo. Ni siquiera sé en qué época estamos.

Conocí a Sakaki con cuarenta años recién cumplidos. Él debía de tener más o menos la misma edad. Quedamos muchas veces. Poco a poco, nos pegamos. Puede que suene raro decirlo así, pero es la palabra que me parece más adecuada cuando pienso en nuestra relación. Con él, el placer no tenía nada que ver con lo que había experimentado hasta entonces. Por muchas veces que hiciéramos el amor, nunca teníamos suficiente. Teníamos que hacerlo cada vez más a menudo. Aunque ambos teníamos una edad en que las fuerzas empiezan a flaquear, no podíamos controlarnos. Sufríamos porque nos fallaban las fuerzas, pero nuestro deseo nunca se agotaba. A veces tenía la extraña sensación de estar poseída.

Mientras tanto, nuestros cuerpos se pegaron el uno al otro. Ya no podíamos separarnos. Pronto no fueron sólo los cuerpos, nuestros espíritus también se quedaron pegados. Hasta que, al final, no nos quedó otra salida que suicidarnos juntos.

Unos días antes de tomar la decisión, Sakaki y yo fuimos a comer sushi. A él siempre le había gustado. Empezaba por el pescado blanco y luego pedía marisco, pescado azul, otra vez pescado blanco y anguilas. Pero aquel día lo hizo de otra forma. Era la temporada del sábalo. Empezó pidiendo un plato de sushi de sábalo. Luego pidió otro, pero aún no tenía suficiente, así que siguió comiendo lo mismo. Aunque fuera la temporada del sábalo, para el restaurante era un problema que un solo cliente agotara todas las existencias. Sakaki no era una persona irrespetuosa, pero aquel día pidió demasiada comida. Comió tanto que me provocó náuseas.

—¿Qué te pasa?—le pregunté. Él sonrió.

—Tú cállate—me espetó.

Me daba miedo cuando me hablaba así. No usaba un tono de voz intimidante, sino más bien normal, pero yo temía que sus palabras me devorasen.

Terminó comiéndose todo el sábalo del restaurante. Yo estaba sentada a su lado sin comer nada. Una vez hubo acabado, pidió caballa, sardina, jurel y todo el pescado azul que fue capaz de comer. Estuvo dos horas sin hacer nada más que comer. Yo permanecí sentada a su lado, tiesa como un palo. Sólo pedí un poco de pulpo y de calamar, y bebí té. Oía el ruido que hacía Sakaki al masticar cada vez que se llenaba la boca de sushi, el ruido de sus dientes triturando el pescado. Al cabo de unos días, me propuso que nos suicidáramos juntos.

En cuanto tomamos la decisión, dejó la empresa. Se fue de su casa sin decir adónde iba. Desapareció. Ese mismo día pasó a recogerme y fuimos a una pequeña agencia inmobiliaria.

—Queremos alquilar un piso. No hace falta que sea muy grande, nos basta con uno de seis tatamis y una cocina pequeña. Luminoso, a poder ser.

Sakaki se explicaba meticulosamente pero con cierta indiferencia. El propietario de la inmobiliaria, un hombre mayor, lo escuchaba sin parpadear. Teniendo en cuenta el dinero que podíamos destinar al alquiler, cogió de un estante varios planos de pisos enrollados con un cordel y los abrió delante de nosotros. Se humedeció la punta del dedo con la lengua y empezó a enseñarnos los planos uno por uno, sin prisa.

—Este *biso* les gustará. —El señor de la inmobiliaria decía *biso* en vez de *piso*—. Es muy luminoso. La parte de atrás da al río, y como al otro lado de la calle hay una escuela de comercio, es una zona poco transitada y muy tranquila por las noches. El edificio es bastante nuevo, no tendrán problemas de vecinos fisgones.

Antes de decir la palabra *fisgones*, carraspeó un poco. Echó un vistazo a nuestras manos, que habían estado entrelazadas desde que nos sentamos. Cada vez que nos miraba de soslayo, yo me sentía como si encogiera, pero Sakaki no parecía preocupado en absoluto. Notaba su mano encima de la mía. Su palma era cálida y pesada.

—Iremos a ver el piso que hay enfrente de la escuela de comercio. Y también nos gustaría ver otros, espero que encuentre algo que pueda interesarnos—dijo Sakaki, con el mismo tono de voz con que había pedido un plato tras otro en el restaurante de sushi, mientras observaba abstraído el diploma de agente inmobiliario colgado en la pared, delante de nosotros. Yo intentaba leer los anuncios pegados en la puerta de cristal, junto al listado de condiciones para solicitar un alquiler. Desde dentro, las letras se veían al revés, como en un espejo, y costaba leerlas: «3 tatamis, WC compartido, a 7 minutos de la estación. 9000 yenes», «4 tatamis y medio, WC, a 5 minutos de la estación, obra nueva. 15 000 yenes». Mientras descifraba los anuncios a duras penas, recordé mi breve matrimonio.

Cuando sólo tenía veinte años recién cumplidos, me casé con un respetable hombre de negocios. Yo iba a la escuela de costura, y una señora del vecindario concertó nuestro matrimonio. Pronto nos pusimos de acuerdo y celebramos la boda en el templo del barrio. Ya hacía tiempo que mi madre había fallecido. Sin saber muy bien cómo prepararme, cogí el futón y cuatro cosas más y me instalé en casa de mi nuevo marido.

Él solía ser un hombre serio y responsable, pero de vez en cuando sus ojos brillaban de una forma rara. Entonces bastaba con que yo dijera una sola palabra para que se encolerizara como si se hubiera vuelto loco, y me pegaba y me daba patadas. Al principio sólo pasaba muy de vez en cuando, pero pronto las palizas empezaron a ser habituales.

Acudí a la mujer que había concertado nuestro matrimonio en busca de consejo, y ella intentó convencerme para que tuviera paciencia. Lo intenté, pero las palizas eran cada vez más frecuentes, así que al final acabé huyendo. Pensé que, si volvía a casa de mi padre, mi marido vendría por mí, de modo que me escondí y empecé a vivir sola. Encontré trabajo en un club nocturno, pero no era lo mío. El propietario del local se dio cuenta y tuvo la amabilidad de presentarme a uno de sus clientes, quien encontró un empleo para mí en una empresa de venta de material de oficina al por mayor. Me instalé en la residencia para las empleadas de la empresa, que fue mi hogar a partir de entonces.

Antes de conocer a Sakaki había tenido varias relaciones, pero ninguna fue duradera. La mayoría de los hombres me decían que se aburrían conmigo. Él era el único que nunca me lo dijo.

—¿Por qué estás conmigo?—le pregunté un día.

—Porque te pareces a Kiyo—repuso él tras una breve reflexión.

—¿A Kiyo?

—Sí. ¿No la conoces? Es la vieja sirvienta que aparece en la novela *Botchan* de Soseki.

—¿Una criada?

—Es muy buena mujer.

A continuación, Sakaki me hizo el amor. Nuestras relaciones siempre empezaban de forma suave y se intensificaban poco a poco. Yo sabía que estábamos rebasando todos los límites, pero me dejaba llevar hasta el infinito. Los ojos de Sakaki parecían sonreír, pero su cuerpo pesaba cada vez más y no se podía despegar del mío.

Alquilamos el piso luminoso de seis tatamis que daba a la escuela de comercio. Cuando le dije a Sakaki que quería llevarme el futón que utilizaba en la residencia de la empresa, se echó a reír.

—Olvídalo, compraremos uno nuevo.

—No merece la pena.

—¿Por qué no?

—Pues porque…, porque pronto…

—¿Porque pronto moriremos?—acabó la frase, y se echó a reír de nuevo.

Al piso nuevo sólo llevamos tres cajas, un baúl, un paraguas roto y dos futones nuevos. Cuando terminamos de ordenarlo todo, Sakaki se tumbó en el tatami boca arriba.

—Qué tranquilidad—dijo en un tono de voz extrañamente alegre—. Me gustaría poder estar siempre así.

Tumbado boca arriba, Sakaki estiró las piernas y los brazos. Yo empecé a barrer el polvo que se había levantado durante el traslado con una escobilla de mano que habíamos comprado en la tienda contigua a la escuela de comercio. Barrí concienzudamente, esquivando las extremidades estiradas de Sakaki.

—No hace falta limpiar. Déjalo.

—Estoy a punto de terminar.

Mientras limpiaba, el corazón me latía más deprisa. Noté una extraña sensación en el pecho. A pesar de que nuestra relación no tenía ningún futuro, sentía la necesidad de seguir haciendo las pequeñas tareas diarias. Cuando terminé de barrer, quería limpiar el suelo de madera del fregadero, pero Sakaki gritó:

—¡Déjalo!

—Es que…

—¡Ya basta!—insistió, golpeando el tatami con el puño cerrado. La tranquilidad que transmitía un momento antes se había evaporado sin dejar rastro. Entonces comprendí que estaba asustado.

Qué estúpida. No me había dado cuenta del miedo que lo atenazaba. O, mejor dicho, había fingido ignorarlo. Avergonzada, entendí que había sido absurdo tratar de encajar las piezas de los pocos días que pasaríamos en aquel piso. Pero no podía evitar pensar en las pequeñas cosas del mañana.

—Ven aquí—me dijo, con una mirada grave.

Dejé el paño en el fregadero y me arrodillé al lado de Sakaki, que seguía tumbado. Acto seguido, él me agarró la muñeca y me arrastró hasta tumbarme en el suelo.

—No juegues a querer ser una familia.

Antes de terminar la frase, me levantó la falda hasta la cintura.

—Te equivocas—repuse mientras forcejeaba. Sakaki se sentó encima de mí con las piernas abiertas y me sujetó las manos. En cuanto me tuvo inmovilizada, me miró fijamente sin decir nada. Yo también lo miré en silencio. Tenía una expresión serena. Aunque estuviera nervioso, su cara siempre reflejaba paz. Parecía tranquilo, incluso en aquel momento. Me miraba tranquilamente, sentado encima de mí con las piernas abiertas. Su mirada era lo único grave que había en aquel rostro sereno.

—No sé qué es una familia—repliqué con un hilo de voz.

—Es verdad, no lo recordaba—repuso él, con la voz un poco menos tensa.

—¿A tu mujer le gusta limpiar?

—Supongo que como a todo el mundo.

Siempre procuraba no preguntarle por su familia, y él casi nunca la mencionaba ni me enseñaba fotos. Tenía dos hijos, uno estudiaba tercero de primaria y el otro, segundo. Se parecían a su madre. Al mayor le gustaba leer, y el pequeño decía que quería ser maquinista. La mujer de Sakaki, cinco años más joven que él, enseñaba a coser kimonos a las mujeres del barrio. Los domingos, si hacía buen tiempo, iban de excursión todos juntos a las afueras de la ciudad. Por la tarde iban al mercado, donde compraban los productos que estaban de oferta: si hacía frío, cenaban fideos *udon* con verduras fritas, y si hacía calor, comían fideos fríos acompañados de tempura.

Aunque procurase no preguntarle nada, conocía todos esos detalles. Las pocas cosas que me había contado alguna vez se me habían quedado grabadas en el cerebro sin que se me escapara ninguna, y crecían cada vez más. Habíamos decidido que no podíamos vivir juntos. Y decidimos morir juntos. No fue idea mía.

Sakaki se apartó de mí y se tumbó de nuevo encima del tatami. Cerró los ojos. Tardó muy poco en conciliar el sueño. «Vas a resfriarte», le advertí sacudiéndolo, pero no se despertó. Lo tapé con uno de los futones nuevos. Me arrodillé a su lado y estuve un rato observándolo. El sol se ponía, y el piso estaba cada vez más oscuro. Cuando menos me lo esperaba, mientras contemplaba su rostro en silencio, Sakaki abrió los ojos.

—He tenido una pesadilla—dijo.

—¿En qué has soñado?

—No me acuerdo, pero daba miedo.

—Ah. Ya veo.

—Tienes que ayudarme.

—¿A hacer qué?

—No lo sé. Pero tienes que ayudarme.

—Oye, ¿qué te parece si, en vez de suicidarnos, nos vamos de aquí y desaparecemos?

—Sería lo mismo.

—¿Estás seguro?

—No importa adónde vayamos, nada cambiará.

Su mirada era igual de grave que antes.

—Si hacemos algo que nos apetezca, seremos felices y quizá no querremos morir.

—Ya estamos haciendo lo que nos apetece.

—A mí no me lo parece.

—¿A qué te refieres? Desde que dejamos casi todo lo que teníamos hemos estado haciendo lo que nos apetecía.

No sé cuándo Sakaki había decidido dejarlo «casi todo». Tomó la decisión a mis espaldas cuando se encontró en un callejón sin salida. Una vez hubo tomado la decisión, me propuso que nos suicidáramos juntos.

Yo no quería morir. Pero tampoco amaba tanto la vida como para seguir viviendo, de modo que le respondí que lo acompañaría. «Eres muy amable», me dijo él. No era una cuestión de amabilidad, no. Si no lo hacía por amabilidad, ¿por qué lo hacía? Era algo más sencillo, simple y elemental. Yo no sabía hacer cosas complicadas.

—Aún estás a tiempo de volver—le decía de vez en cuando.

—¿Adónde?

—Con tu mujer, por ejemplo.

Sólo se lo decía por compromiso. Si me hubiera abandonado, me habría hecho una buena jugarreta. Pero, en el fondo, habría entendido que se fuera y lo habría aceptado sin más. Además, teniendo en cuenta la situación, me sentía obligada a decirle que volviera a su casa.

«Estoy cansado—solía quejarse—. Ya no puedo más. Quiero morir cuanto antes». A pesar del cansancio que acumulaba, al final sobrevivió. Se salvó, volvió con su mujer y vivió una vida larga y feliz hasta los ochenta y siete años. Y yo morí. No le guardo rencor. Pero no puedo dejar de pensar que yo morí.

Sakaki y yo convivimos durante aproximadamente un mes en nuestro pisito luminoso. Por la noche íbamos a una pequeña taberna del barrio y nos tomábamos una botella de cerveza y unos cuantos vasos de sake. Para empezar, siempre pedíamos un estofado. Cuando ya llevábamos una semana frecuentando el mismo lugar, nos traían la cerveza y el estofado sin tener que pedirlo.

«Este estofado está riquísimo», decía Sakaki cada vez que

lo probaba. Nunca he sabido si le parecía especialmente sabroso porque sabía que iba a morir o porque realmente lo era. Hace mucho tiempo que estoy muerta, pero todavía recuerdo el sabor de aquel estofado. Aun así, sigo con la duda de si era mejor que cualquier otro.

Paseábamos junto al río, un poco achispados. Luego regresábamos al piso y hacíamos el amor. Como no teníamos nada mejor que hacer, lo hacíamos más de una vez. Cuando nos cansábamos, charlábamos un rato. Sakaki solía provocarme: «Háblame de los hombres con los que has estado hasta ahora», me decía, por ejemplo. Dado que nuestra relación no tenía futuro, yo creía que no le importaría saber la verdad, y se la contaba con todo lujo de detalles. No tenía gran cosa que explicar, pero él se ponía celoso: «Con los demás estabas mejor que conmigo, ¿verdad?», insistía. A veces, mientras hablábamos, me penetraba de repente con un gesto deliberadamente teatral, como si estuviera interpretando un papel. Supongo que, como íbamos a morir pronto, necesitaba hacer un poco de teatro para no sentirse incómodo. Una vez muerta, pensé que debería haberle preguntado por qué lo hacía, pero ya era demasiado tarde.

Después de haberlo meditado detenidamente, decidimos no suicidarnos en el piso. Habría sido un problema para el señor de la inmobiliaria. Al fin y al cabo, era un hombre mayor, y nos había hecho el favor de no insistir demasiado con el tema del aval.

No teníamos ninguna posibilidad de obtener barbitúricos. Se nos ocurrió saltar en una acequia de las afueras de la ciudad, pero últimamente, comparado con unos años atrás, el caudal de agua era escaso y la corriente demasiado débil. No queríamos correr el riesgo de sobrevivir.

Estuvimos tentados de escoger algún lugar famoso concurrido por los suicidas y morir según el método habitual de la zona, pero Sakaki empezó a protestar.

—Morir es demasiado complicado.

—Quizá tengas razón.

Cuando llegó el momento de planear los detalles concretos, fui yo quien tomó la iniciativa, mientras que Sakaki se limitaba a responderme con evasivas: «Sí. Ya. Claro. Como quieras».

Finalmente, decidimos saltar desde un acantilado que daba al mar del Japón. Yo me encargué de comprar los billetes de tren y de reservar el alojamiento.

—Deberíamos pasar la última noche en un buen hotel —le propuse, y Sakaki esbozó una pequeña sonrisa. Mientras sonreía, hojeaba distraídamente una novela erótica que había comprado en una librería de ocasión del barrio.

—De acuerdo. Dormiremos en un buen hotel, comeremos bien y nos suicidaremos—me respondió.

Bajamos del tren en una estación de una línea secundaria situada muy cerca del mar. Echamos dos cartas en un pequeño buzón: la de Sakaki era para su mujer y sus hijos, mientras que yo le había escrito al señor de la inmobiliaria pidiéndole disculpas por haber dejado el piso sin previo aviso.

Caminamos hasta el acantilado cogidos de la mano. Soplaba un fuerte viento. Yo tenía la mente en blanco. Me había imaginado que toda mi vida me pasaría por delante de los ojos como si fuera una linterna mágica, pero era incapaz de pensar. Miré a Sakaki, que parecía tan tranquilo como siempre. Desde que habíamos tomado la decisión de suicidarnos juntos, sólo su mirada era grave.

—¿Tienes miedo, Tokiko?

—Creo que no.

—Yo sí tengo miedo.

—Quiero pedirte un favor.

—Dime.

—Si sólo muero yo y tú sobrevives, quiero que me entierres cerca de la tumba donde te enterrarán a ti.

—No seas ridícula.

Sakaki soltó mi mano, me giró hacia él hasta que estuvimos cara a cara y me dio un fuerte abrazo.

—Eres ridícula. Te pareces a Kiyo.

—¿Kiyo?

—Sí, mujer, el personaje de la novela de Soseki.

—¿Por qué dices esto?

—«Usted es más joven que yo, señorito. Cuando muera, entiérreme en su panteón. Una vez en la tumba, esperaré su llegada con impaciencia», le dijo Kiyo a su señorito el día antes de morir.

Sakaki parecía emocionado. Yo no me sentía identificada con Kiyo, pero sus palabras me habían impresionado.

—Vamos a morir juntos, no te preocupes por las tumbas.

Dicho esto, Sakaki me abrazó de nuevo. Yo me quedé quieta, con las manos colgando a ambos lados del cuerpo.

—¿Sabes? No quiero morir—le dije.

En realidad, no lo pensaba. Estaba dispuesta a morir. Cuando llegó el momento, lo supe con certeza. Nunca había tenido ganas de vivir. Lo que pasa es que hasta entonces no se me había ocurrido la idea de quitarme la vida.

—Pues es demasiado tarde—dijo Sakaki, un poco pálido.

—¿Por qué?

—Porque ya estamos aquí. Suicidémonos. Muramos juntos.

Sakaki estaba convencido de que no podría suicidarse

sin mí. «Si no puede morir solo, será mejor que no se suicide», pensé, pero yo ya había tomado la decisión.

—Pues anda, suicidémonos juntos—dije en un tono de voz deliberadamente dulce. De hecho, debería haberle impedido que saltara. Pero no lo hice. «Soy una miserable», pensé. Al poco rato, saltó y me arrastró hacia el mar junto a él.

Sakaki sobrevivió. Lo rescató una barca de pescadores. Yo choqué contra una roca del fondo del mar y fallecí en el acto.

Al principio no lograba entender por qué sólo yo había muerto y él se había salvado. Si bien era cierto que justo antes de saltar había pensado que Sakaki no debía morir, aquel final me parecía incomprensible.

Su mujer y sus hijos fueron a buscarlo y lo llevaron de vuelta a casa. Gracias a sus cuidados, al cabo de un mes ya se había recuperado y volvía a hacer vida normal, como si nada hubiera ocurrido. No se divorció, y fue un buen padre. El día del aniversario de mi muerte, fue al mar del Japón y estuvo mucho rato rezando.

Después de morir, empecé a reflexionar sobre mi vida.

Flotaba constantemente alrededor de Sakaki. Se me hacía raro verlo vivo. Era un misterio que continuara vivo habiendo muerto yo. Cuando mueres, todo desaparece. Te quedas vacío por dentro. Eso no lo sabía antes de morir. Como llevaba una vida que no me hacía feliz, no me resultó difícil suicidarme. Pero ¿por qué quería morir él? Cuantas más vueltas le daba, menos lo entendía. Que esté muerta no significa que pueda adivinar los pensamientos de la gente, así que, por mucho que flotara a su alrededor, no podía saber qué le pasaba por la cabeza.

Puesto que cuando mueres te quedas vacío por dentro, puede que mis pensamientos, en realidad, ya no existan. Siempre pienso en él. Aunque esté muerta, pienso intensamente en él. Cuando estaba viva lo hacía de una forma más etérea, mis pensamientos eran más vaporosos que ahora.

Sakaki murió a los ochenta y siete años. Creía que después de su muerte volvería conmigo, pero no lo hizo. Cuando murió, desapareció por completo. Se ve que la mayoría de la gente se esfuma sin dejar rastro. Los casos como el mío no son nada habituales. Una vez muerto él, ya no tengo adonde ir. Es muy angustioso.

Cuanto más angustiada me siento, más pienso en él. Aunque ya hace mucho tiempo que murió, sigo pensando en él. A veces incluso dudo de que Sakaki existiera de verdad, pero no puedo dejar de pensar en él con todas mis fuerzas.

Así han pasado cien años.

Ahora, un siglo más tarde, apenas recuerdo las cosas que nos unían. Sólo sé que lo amaba profundamente.

No sé qué pasará. No sé si al cabo de cien años, y de cien años más, seguiré pensando en él. Cuando estaba viva, conocí a Sakaki y decidimos por casualidad suicidarnos juntos, y así hemos terminado.

A veces recuerdo que él me comparaba con Kiyo. Me pregunto si es cierto que Kiyo esperó a su señorito dentro de su tumba. Yo esperé a Sakaki y nunca vino. Ya han pasado cien años y nada ha cambiado. Ahora ya está muerto, y no cambiará nada.

EL INSECTO DIOS

Todo empezó con un insecto de bronce.

Fue Uchida quien me lo regaló. Me lo envió en una cajita del tamaño de la palma de mi mano. Cuando la abrí preguntándome qué sería, una pizca del serrín compacto que contenía se esparció en el aire. Lo aparté y apareció un insecto de bronce envuelto en papel de seda.

No había ninguna tarjeta ni nada por el estilo.

—¿Qué te ha parecido el insecto?—me preguntó Uchida por teléfono unos días más tarde.

—No sé qué pensar—reconocí.

—Me apetecía mucho regalártelo—se justificó él, brevemente.

Me quedé confusa y no supe qué decirle. Él también guardó silencio. Así fue como empezó todo. Cuando apenas habían pasado dos meses, empezamos a salir juntos y, al cabo de poco tiempo, ya no podía pasar ni una noche sin él.

Durante el día, iba a la oficina y trabajaba como siempre, y por la tarde volvía a casa, hasta que llegaba él. Mientras esperaba impaciente oír el chasquido de la llave en la cerradura de la puerta, hervía en una olla tripas con hierbas aromáticas. Uchida me había dicho que era un plato muy energético. A fuerza de cocinar la misma receta, aprendí a disimular el mal olor de las tripas. Cuando él llegaba, nos sentábamos cara a cara y comíamos solemnemente el estómago y las tripas, que estaban medio deshechos de tanto hervir. Parecíamos dos alumnos aplicados estudiando la lección.

Tal vez gracias a aquel plato tan energético, Uchida era un amante insaciable. Yo aceptaba sus retos y me esforzaba en aguantar todo lo posible.

—Es increíble—solía decir él.

—Sí, lo es—le respondía yo.

A veces me daba la sensación de que aquello tan increíble no podía durar mucho. No lo pensaba, más bien lo intuía en algún lugar de mi piel durante los breves momentos en los que no estaba ocupada hirviendo tripas ni descubriendo las zonas más recónditas de su cuerpo.

—Tengo miedo, Uchida—le confesaba entonces.

—No tengas miedo—me animaba él.

—¿Qué vamos a hacer?—le preguntaba.

—No hay nada que podamos hacer—me respondía, desafiándome de nuevo con una ligera sonrisa.

Cuando me provocaba, yo no podía evitar contraatacarlo. Nos pasábamos noches enteras atacándonos y contraatacándonos mutuamente, sin poder separarnos hasta que, agotados, nos hundíamos en un oscuro y profundo sueño.

—¿Por qué me regalaste un insecto?—le pregunté un día.

—Porque pareces un insecto.

—¡Venga ya!—susurré, y justo después me dio un beso en la boca. Fue un beso larguísimo. Mientras me besaba, recorrió mi espalda con la mano hasta el final y siguió bajando a lo largo de las piernas. Fue un beso interminable, primero superficial, luego más profundo y otra vez superficial. Yo tenía la lengua dolorida, pero Uchida no se separaba de mí. Eché un vistazo al reloj. Llevaba veinte minutos besándome. Él también consultaba la hora de vez en cuando.

—Para ya—dije, cuando por fin conseguí separar los labios de los suyos.

—Quiero más—me suplicó, agarrándome la cara con ambas manos.

—Es suficiente—repetí.

—Más—insistió él, y me besó de nuevo. Cuando por fin hubo tenido bastante, habían pasado otros diez minutos.

—No tienes piedad—le dije, y Uchida esbozó aquella media sonrisa tan habitual en él.

—Me di cuenta de que tenías cara de insecto, y me gustó—me explicó entonces, todavía sonriendo—. Por esto te lo envié.

El insecto de bronce había salido de una excavación arqueológica en el extranjero, y el abuelo de Uchida lo había guardado toda la vida como un tesoro. Cuando murió, le dejó el insecto a Uchida, su nieto favorito, quien lo había guardado con mucho cuidado. Era un hecho excepcional que le hubiera costado tan poco regalármelo.

—Es un regalo demasiado valioso—protesté.

—¿Lo ves? Has vuelto a poner cara de insecto—me dijo otra vez.

Reaccioné a su provocación atacándolo de nuevo. Lo empujé hasta tumbarlo, me senté encima de él con las piernas abiertas y le arranqué la ropa. Él no me lo impidió, seguía sonriendo ligeramente. No actuaba para satisfacerlo sino por puro egoísmo, buscando mi propio placer. Debajo de mí, Uchida empezó a arrugar la frente. Cerró los ojos y puso cara de desesperación. Mientras lo contemplaba, me invadió una oleada de afecto, y tuve ganas de ser muy cariñosa con él.

—Deja de llamarme insecto—lo regañé suavemente.

—Sigue, sigue, así—me respondió con una dulce voz.

Seguí sin parar. Sólo de vez en cuando me preguntaba a mí misma qué estaba haciendo. En algún lugar de mi piel, intuía que había un motivo que justificara aquellos extraños arrebatos de pasión con un hombre que, en mitad de la noche, me comparaba con un insecto.

El cuerpo y la mente son inseparables, una misma cosa.

Lo aprendí cuando Uchida y yo empezamos a acostarnos juntos. Al principio estaba convencida de que nuestra relación sólo estaba basada en lo físico. Fue entonces cuando dejé escapar un «te quiero» como un caramelo que salió rodando de mi boca. Se me había escapado sin querer, justo antes de alcanzar el orgasmo. Aunque no estaba del todo segura del significado de las palabras «te quiero», me salieron con naturalidad. Dentro de mi cabeza, mi otro yo se sorprendía de haberlas dicho. Sin embargo, mi boca ya las había pronunciado.

—Muy bien, muy bien—me respondió él distraídamente mientras exploraba todos los rincones de mi cuerpo. Su boca no dejó escapar ningún «te quiero». Parecía completamente concentrado en lo que hacía. Tenía el brazo alrededor de mi cuello y llevaba el reloj en la muñeca, como siempre.

—Uchida, oigo el tictac de tu reloj—le dije, pero estaba tan ensimismado que no me oyó. El tictac del reloj marcando los segundos me entristecía. Me hacía sentir como si no estuviéramos juntos, aunque no fuera cierto—. Uchida—lo llamé, y él abrió los ojos—. Todo pasa—le dije. Él me miró, estupefacto.

—¿Qué quieres decir con «todo»?

—Me refiero a este momento.

—Sí, el tiempo pasa.

Uchida y yo manteníamos esta conversación en una postura un poco ridícula. Me tranquilizaba hablar con él porque me confirmaba que estábamos juntos de verdad.

—Cuando haya pasado, ya no volverá.

—Pero viviremos otros momentos como éste.

—Tal vez no.

—Pues viviremos otras cosas.

—No quiero vivir otras cosas.

—También estarán bien, ya lo verás. Y ahora déjate llevar, anda, anda, tienes ganas de dejarte llevar, ¿verdad?

Uchida se concentró de nuevo. Volvía a tratarme sin piedad, como si estuviera utilizándome para vengarse de algo. Yo me dejaba llevar. Nos hundíamos juntos, como una sola persona.

Cuanto más nos uníamos, más separados estábamos. Hacíamos el amor, pero cada uno por su cuenta. Como una figura de metal fundido. Para fabricar una figura con la forma del espacio que quedaba entre los dos, había que verter el metal fundido, que era yo, en el molde, que era él. ¿O era al revés? En cualquier caso, la figura resultante no era ni él ni yo, sino una forma abstracta. Podría ser un insecto de bronce, por ejemplo, aunque dudo que tuviera una forma tan definida. Los dos nos complementábamos para formar una figura de aspecto indefinido, pero cada uno iba por su cuenta.

—Oigo el tictac de tu reloj.

—Déjate llevar. ¿No era eso lo que querías?—me dijo Uchida en un tono pragmático.

—¿Adónde quieres que vaya?

—Adonde tú ya sabes, a un lugar que no está cerca ni lejos.

—Te quiero, Uchida.

Y me dejé llevar. Reuní fuerzas, saqué todas mis energías y me dejé llevar, pero no llegué «adonde ya sabía».

El viaje fue fácil. Tendría que haber estado feliz, pero de pronto aparecieron las palabras «te quiero». Me sentí triste porque cada uno de nosotros actuaba por su cuenta, y porque el presente se escapaba. Sentí un torbellino de sentimientos negativos. Era curioso.

—¿Cómo es este momento?—le pregunté a Uchida mientras me abrazaba.

—No tiene nada especial.

—¿No es especial?

—No lo sé.

—¿De verdad no lo sabes?

Las piernas y las caderas me dolían de tanto moverme. Teníamos las piernas entrelazadas. Le dije de nuevo «te quiero», pero seguía sin saber qué significaba. Él se estaba quedando dormido.

—Uchida, despierta—le dije mientras le tocaba el miembro, que se endureció un poco. Pero se fue deshinchando rápidamente, al compás de su respiración. Antes de quedarme dormida, me sentí impotente e irritada a partes iguales.

Los días iban pasando.

No me importaba que pasaran los días, pero cuando contenían unas horas intensas con Uchida, era más consciente del paso del tiempo.

Tenía un compañero de trabajo llamado Tsubaki. Habíamos sido amantes hacía un tiempo, pero la cosa no había ido más allá. Tsubaki era un aficionado a las antigüedades. Un día le mencioné sin querer el insecto de bronce, y me expresó su deseo de verlo. A pesar de que era un regalo de Uchida, yo no lo consideraba mío y no quería enseñárselo a nadie sin su permiso. Además, tampoco habría sabido explicarle nada sobre su origen. Así fue como Uchida, Tsubaki y yo quedamos para cenar con el pretexto del insecto de bronce. Al principio no me apetecía demasiado porque me parecía una situación más bien incómoda, pero Tsubaki insistió tanto que no pude negarme.

Uchida y yo entramos en el restaurante donde Tsubaki nos había citado, subimos la empinada escalera que llevaba al primer piso y lo encontramos de piernas cruzadas, con una botella de cerveza abierta, fumando un cigarrillo y con el nudo de la corbata suelto.

«Disculpa el retraso», «Encantado de conocerte», dijimos Uchida y yo simultáneamente. Tsubaki juntó las rodillas e inclinó ligeramente la cabeza. En un tono de voz familiar, le pidió al amo del restaurante una botella de sake y algo para picar. Cuando nos sirvieron el sashimi y los platos calientes, Uchida y Tsubaki ya habían simpatizado y hablaban entre ellos como si yo no estuviera. Nosotros dos estábamos sentados de lado, y Tsubaki estaba enfrente de Uchida. Tsubaki hablaba del bronce y Uchida lo escuchaba con interés. Luego examinó el insecto de arriba abajo mientras Uchida lo ponía al corriente de su origen. Yo me limitaba a beber. Todo empezó a dar vueltas a mi alrededor.

—¿Es un escarabajo?—le preguntó Tsubaki.

—No lo sé—repuso Uchida.

—Hablando de insectos...—empezó Tsubaki, tras humedecerse los labios con la punta de la lengua. El sake se había apoderado de mi cuerpo y me costaba respirar. La voz de Tsubaki llegaba a mis oídos como si viniera de muy lejos. El tiempo avanzaba y retrocedía—. ¿Habéis oído hablar del insecto dios?

—¿El insecto dios?—repitió Uchida.

—Es un insecto gigante con ocho patas.

La voz de Tsubaki me llegaba exageradamente amplificada, y al cabo de un momento me parecía casi inaudible y tenía que esforzarme para oír lo que decía. Esto fue lo que Tsubaki nos explicó sobre el insecto dios.

En un lugar cualquiera de las montañas del sur vive un insecto que se alimenta de ogros. En cada una de sus ocho patas tiene unas largas garras. Le sirven para cazar a los ogros, a los que devora empezando por la cabeza. Por la mañana caza tres mil ogros, y por la noche se come trescientos más. Cuando abre su bocaza, muestra una hilera de dientes afilados por los que gotea la sangre de los ogros que se ha comido, de modo que siempre tiene los contornos de la boca manchados de rojo.

—¡Es extraordinario!—exclamó Uchida, que tenía los ojos abiertos de par en par y parecía impresionado.

—Menudo insecto, ¿verdad?—dijo Tsubaki, notablemente animado.

—Eso sí que es un insecto útil—opinó Uchida.

—Sin duda, pero es incluso más peligroso que los ogros —apuntó Tsubaki.

Por debajo de la mesa, Uchida puso la mano encima de mis rodillas y me sobresalté. En vez de apartar la mano, él me apretó las piernas. Como no podía quitármelo de encima sin que se notara demasiado, opté por ignorarlo. Mientras tanto, Tsubaki siguió explicando la historia del insecto dios.

Aunque el insecto dios devora una gran cantidad de ogros, nunca se extinguen porque no puede comérselos todos. Siguen apareciendo uno tras otro. Todos los días, el insecto dios tiene que capturar miles de ogros con sus afiladas garras y devorarlos. Nunca se cansa, nunca se aburre, está solo en medio de la montaña. Es un tormento para los ogros, pero para él también se trata de una tarea muy dura.

—¿Es inmortal?—preguntó Uchida. Su mano se había colado entre mis rodillas. Intenté librarme de ella un par de veces, pero era pegajosa e insistente.

—A lo mejor no es de este planeta—le respondió Tsubaki, y clavó la mirada en un punto de la mesa que resultó ser precisamente el lugar donde la mano de Uchida reposaba entre mis rodillas. La mirada de Tsubaki no se apartó de ese punto, como si pudiera ver a través de la madera.

—¿Qué les pasa a los ogros que se come?—preguntó Uchida animadamente. Yo tenía la piel de gallina, pero no sabía si era de miedo o de placer.

—Alrededor del insecto dios hay un montón de cráneos y huesos resecos y envejecidos—explicó Tsubaki, y sorbió un poco de sake.

—Pero es una criatura pura, ¿no?—le preguntó Uchida mientras, por fin, apartaba la mano de mis rodillas para coger su vaso.

—¿Pura?—repitió Tsubaki, ligeramente sorprendido, y dio un trago.

A mí no me parecía pura. Era una historia horrible.

—Es escalofriante—dije, tras un breve momento de silencio.

—¿Escalofriante? ¿Por qué?—me preguntó Uchida, sonriente. Estuve a punto de pedirle que volviéramos a casa, pero al final me contuve.

—¿No te ha dado miedo?

—En absoluto.

—Seguro que a mí ese insecto me comería.

—Sí, nos devoraría en un periquete—corroboró Uchida dirigiéndose a Tsubaki con una mirada expectante, como si esperase su confirmación. Tsubaki asintió moviendo la cabeza de arriba abajo.

—No me gustaría morir devorada por ese bicho.

—No pasaría nada, es una criatura pura—insistió Uchida. Ambos se echaron a reír. Sus carcajadas hicieron vibrar el aire como si estuviera cargado de electricidad. El insecto de bronce reposaba encima de la mesa. Tsubaki lo acariciaba de vez en cuando, delicadamente.

—Me encantaría comprarte este insecto—dijo Tsubaki. Yo volvía a notar los efectos del alcohol y el corazón me latía rápidamente.

—Ni hablar—rechazó Uchida, sin perder la sonrisa.

—Es que me encanta—insistió Tsubaki, muy despacio. Acto seguido me acarició la rodilla con el pie, en el mismo lugar donde poco antes había estado la mano de Uchida. A Tsubaki nunca le había dicho que lo quería. Nos habíamos acostado juntos un par de veces, sin prisas, tranquilamente y en silencio. Sin aspavientos. Cogí discretamente la mano de Uchida y la conduje hacia mis rodillas. Tsubaki se dio cuenta enseguida y apartó el pie. Su expresión cambió inmediatamente. Parecía rebosante de un sentimiento a punto de derramarse, como una jarra llena de agua hasta el borde. Pero no se derramó. Por eso al final no supe si aquel sentimiento era rabia, miedo, tristeza o satisfacción.

«¿Qué estamos haciendo aquí?», pensé de repente. No tenía nada claro. No sabía dónde estaba, quién era Uchida ni qué había pasado con Tsubaki. Debía de ser por el alcohol.

—¿Nos vamos?—propuse, y tanto Uchida como Tsubaki asintieron despacio. Mientras bajábamos las escaleras, Tsubaki me susurró al oído:

—Quiero hacer un trío.

Levanté la vista, sorprendida, pero él se hizo el loco. Se limitó a adelantarme como si nada hubiera pasado y siguió bajando a paso rápido sin decir palabra. Una vez en la calle, cuando ya nos habíamos despedido de Tsubaki, me arrimé al cuerpo de Uchida.

—Tengo miedo—le dije otra vez.

—¿De qué?—me preguntó él sin inmutarse. En vez de responderle, lo abracé con más fuerza—. Todo irá bien —me consoló.

—¿Y si no va bien?—le pregunté.

—Pues si no va bien, ya lo veremos—repuso.

—Te quiero, Uchida—le dije, y él se echó a reír.

—Volveremos a casa y haremos el amor—dijo.

—Haremos el amor—coreé.

Estaba completamente borracha. Ni siquiera recuerdo cómo llegamos a casa.

«Quiero hacer un trío».

De vez en cuando recordaba las palabras de Tsubaki. Mi relación con Uchida seguía siendo igual de apasionada. Nuestros cuerpos se conocían mejor, nos amábamos profundamente, me parecía natural. A veces pensaba que no podía durar mucho, pero justo después me sentía como si tuviera que continuar para siempre.

Cuando Uchida me proponía que probáramos algo nuevo, no sólo se lo permitía, sino que colaboraba con él. Ya no tenía la sensación de que cada uno actuaba por su cuenta. Por otro lado, tampoco me sentía como si fuéramos dos. No sabría decir si era un paso adelante, un paso atrás o ambas cosas, pero apenas era consciente de ello. Sólo sé que, de vez en cuando, oía aquella voz diciéndome: «Quiero hacer un trío». Aquella idea me inquietaba. Si se lo proponía a Uchida, cabía la posibilidad de que aceptara sin pensárselo dos veces.

Me daba miedo que estuviera de acuerdo. Si decía que sí, nos acostaríamos los tres juntos. Me preocupaba hacer un trío con alguien al que por fin había sido capaz de decirle «te quiero». No lo soportaría. A pesar de mis temores, un día decidí explicarle lo que Tsubaki me había propuesto.

—¿Un trío?—exclamó Uchida con los ojos más abiertos que de costumbre.

—Perdona—me disculpé rápidamente—. No fue idea mía.

Uchida no dijo nada. Su silencio era inquietante. Oí un ruido procedente de la calle, como si alguien arrastrara un objeto pesado.

—Sólo te digo lo que me dijo Tsubaki—balbuceé.

—Eres igual que un insecto—me reprochó con una voz terrible que no sabía de dónde salía. Lo había subestimado—. Los insectos no hacen tríos.

Era una excusa muy rara. Ni siquiera era una excusa.

Quise decirle que lo quería, pero no pude. ¿Por qué no era capaz de decírselo en un momento tan importante? Las palabras «te quiero» me llenaban, no era un «te quiero» demasiado alegre pero sí muy tierno. No obstante, se derrumbaron y desaparecieron de mi vista.

—Creía que no te importaría.

—¿Por qué lo creías?

—Porque todo es muy fácil entre nosotros.

—No seas idiota.

Creía que iba a pegarme, pero no me tocó.

—Ahora entiendo por qué tienes esa cara de insecto —dijo sin inmutarse.

El ruido que venía de la calle sonaba más fuerte. Oí el grito de un pájaro. Imaginé que sería un cuervo arrastrando algún objeto pesado. De repente, pensé en el cuerpo de Tsubaki. Cuando me había susurrado al oído que quería hacer un trío, no se me había ocurrido pensar en su cuerpo, pero las crudas palabras de Uchida me obligaron a recordarlo con nitidez. Me sentí avergonzada. A veces lo que hacíamos Uchida y yo me parecía vergonzoso, pero me equivocaba. Amarse solemnemente no era vergonzoso. En cambio, decir «te quiero» sí lo era. Yo era como un recipiente que derramaba aquellas palabras sin ningún pudor.

—¿Cuánto hace que te acuestas con Tsubaki?

—Te equivocas.

Uchida me había malinterpretado. Traté de explicarle que no había nada entre Tsubaki y yo, y que antes tampoco había habido nada especial, pero no fui capaz. Ni siquiera pude decirle «te quiero».

Por una parte, pensé que nuestra historia estaba a punto de terminar, pero, por otra, estaba convencida de que eso era imposible, y me tranquilicé. Igual que un insecto. Uchida tenía razón.

—No hay nada entre Tsubaki y yo—conseguí decir al fin. Acto seguido me pregunté si de verdad Tsubaki me había propuesto hacer un trío. A lo mejor aquellas palabras habían salido de mí misma.

El ruido que venía de la calle era cada vez más fuerte.

—¿Oyes ese ruido?—susurré, y Uchida abrió la cortina.

—Ahí no hay nada, yo no oigo ningún ruido.

No había nada bajo la ventana, ni un triste cuervo. No pasaban coches. No se veía a nadie. Los postes de la luz y el asfalto de la calle se recortaban contra el cielo encapotado. A pesar de que no había nada, yo seguía oyendo ruido.

Me sentí como si hubiera caído en una trampa. ¿Era Tsubaki quien me la había tendido? No. ¿Era Uchida, entonces? No. ¿Había caído en mi propia trampa? No.

—¿Quieres hacer el amor?—le propuse al final.

Estaba segura de que él no aceptaría, y me sentí como si me adentrara aún más en aquella trampa. Uchida no me respondió. Se había refugiado en un hosco silencio, y no parecía el mismo hombre que me explicaba, hacía unos meses, que las tripas eran un plato muy energético.

—El insecto dios escupe los huesos de los ogros, pero ¿adónde va a parar la carne?—preguntó en voz baja al cabo de un rato.

—No lo sé.

—A lo mejor la expulsa con los excrementos.

—Ni idea.

Recordé aquel día en que, mientras yo lamentaba el paso del tiempo, le pregunté cómo se sentía y me respondió que no lo sabía. No nos entendimos. Ahora era yo quien le respondía con aquellas palabras.

El ruido de la calle era muy fuerte. Quizá era el insecto dios, que cazaba los ogros de un manotazo con sus afiladas garras y los devoraba empezando por la cabeza.

—Uchida—lo llamé, pero él no se volvió. Seguía de espaldas a mí. Me puse delante de él, le bajé el pantalón y los calzoncillos y, como no opuso resistencia, empecé a acariciarlo. Al contrario que aquel día, no lo hacía para mi propia satisfacción, sino que me esforzaba en darle placer.

Aunque estuviera enfadado, su cuerpo reaccionó con más intensidad que nunca. Él también parecía un insecto. No un insecto dios, sino un simple insecto de bronce, pensé, con un ligero escalofrío. Sin embargo, aquella idea me alivió un poco y me dio miedo a la vez. Tenía miedo, pero no me importaba.

Mientras lo acariciaba apasionadamente para darle placer, pensaba que tanto Uchida como yo, y quizá también Tsubaki, parecíamos insectos. No como el insecto dios, sino simples insectos de los que son devorados por los ogros antes de que el insecto dios los capture.

—Todo empezó con el insecto de bronce—dije mientras lo acariciaba, y él sonrió ligeramente.

—Fue el principio de todo—añadió, y rió un poco a regañadientes. Lo apreciaba. Lo amaba. Y todo lo demás no importaba.

Estaba triste. Muy triste. Tendría que hervir todavía más tripas con especias, tendría que preparar el mismo plato todas las noches. A partir de entonces, pasara lo que pasara, tendría que hacerlo siempre.

Ocupada con aquellos pensamientos, me senté encima de él con las piernas abiertas para darle aún más placer. En la calle, el insecto dios hacía mucho ruido mientras se comía tres mil ogros. Los devoraba con pureza, concentrado en lo que hacía.

AVIDYA

—Cortas los trozos demasiado gruesos—me advirtió Tota. Yo me eché a reír.

—¿Qué tiene de malo cortar los trozos gruesos?—me defendí. Tota inclinó la cabeza a un lado, en actitud dubitativa.

—Supongo que nada—murmuró al fin.

Con el palillo de bambú cortó delicadamente un trozo de gelatina dulce y se lo llevó a la boca. Entonces sorbió un poco de té amargo.

—Qué dulce.

—La gelatina de alubias siempre es dulce.

—Pero ahora más que antes.

—¿A qué época te refieres cuando dices «antes»?

—Qué más da. Antes es antes.

Pronto hará quinientos años que Tota y yo estamos juntos, por eso cuando hablamos del pasado nunca queda claro a qué época nos referimos. Salvo que ocurra algún hecho excepcional, nunca intentamos averiguar de qué época estamos hablando.

—¿Qué te parece si salimos después de desayunar?

—¿Adónde iremos hoy?

—No lo sé.

Tota tenía el día libre, así que la noche anterior habíamos estado planeando ir de excursión al lago o a algún otro lugar. Tota lleva unas cuantas décadas trabajando de taxista. Se sacó el carné de conducir hace unos cincuenta años, y desde entonces no ha parado, de modo que tiene mucha experiencia. Le gusta conducir. Cuando tiene un día libre, apaga el taxímetro y me lleva de excursión. A lo largo de los años se ha adaptado a las modas y ha probado todas las novedades, pero nunca se ha cansado de conducir.

Ha tenido dos accidentes de tráfico. Los dos se produjeron mucho antes de que empezara a llevar el taxi. La primera vez, se despeñó por un barranco en una recóndita zona montañosa de la península de Izu, y quedó atrapado entre la carrocería del coche. No debería haber ido tan deprisa por aquella carretera de montaña sin asfaltar que ni siquiera tenía vallas de seguridad, pero a Tota le gustaba la velocidad. En el segundo accidente, el coche en el que viajábamos volcó en la autopista y yo salí proyectada a través del parabrisas, aterricé en el asfalto y un camión enorme me atropelló. El accidente lo provocó un conductor que venía en dirección contraria, se durmió y se saltó la mediana. Tota tuvo que esquivarlo, de modo que ni siquiera fue culpa suya. Los dos accidentes fueron mortales, pero ni Tota ni yo perdimos la vida. Al principio parecía que estuviéramos muertos, pero pronto fue como si nada hubiera pasado. Ambos nos habíamos convertido en seres inmortales. Estas cosas suelen suceder por motivos pasionales, fatídicos u obsesivos, pero la verdad es que, después de más de quinientos años, apenas me acuerdo. Sólo sé que, como criaturas inmortales, estamos condenados a vivir juntos eternamente.

No había mucho tráfico. Parecía que fuera a llover en cualquier momento. No llevábamos ningún coche delante ni detrás.

—¿Era de noche o de día?—le pregunté.

—¿Te refieres a cuando tuvimos el accidente?—dijo Tota, encendiéndose un cigarrillo.

—Fue en esta autopista, ¿no?

—No. Cuando tuvimos el accidente, aún no la habían inaugurado.

—Tienes razón.

Tota bajó la ventanilla y expulsó el humo, que se había mezclado con el aire cálido del interior del coche y se resistía a salir. Yo también bajé mi ventanilla y el aire por fin empezó a circular. El frío viento me acarició primero las orejas y luego las mejillas. Cuando terminó de fumarse el cigarrillo, Tota abrió el cenicero con la vista fija en la carretera y aplastó la colilla con cuidado.

—Había un gato.

—¿Un gato?

El día del accidente, cuando salí proyectada a través del parabrisas, aterricé justo encima de la línea blanca que delimitaba el carril de la autopista. El camión me atropelló justo después, pero durante aquel breve instante, todo lo que me rodeaba se me quedó grabado en la retina, y retuve todos los detalles de mi campo visual. Las pequeñas grietas en el asfalto. La línea blanca que, al verla de cerca, tenía la superficie irregular. Las pequeñas arañas que se paseaban por encima. Los innumerables fragmentos de cristal que reflejaban la luz de las farolas. Un trozo de cartón húmedo que debió de haberse caído de algún camión. Los nervios que recorrían de arriba abajo las hojas de los arbustos plantados en la mediana. Las amígdalas del fondo de la boca abierta de Tota. Había un gato en el margen, al pie de la valla metálica que delimitaba la autopista. Su silueta se veía alargada bajo la luz de las farolas, como si estuviera plácidamente dormido. Tenía las patas estiradas y los ojos cerrados, y parecía sonreír. En cuanto el camión me pasó por encima, me di cuenta de que no estaba durmiendo, sino que estaba muerto. No dormía en absoluto. Cuando lo descubrí, lo odié. Lo odié con todas mis fuerzas porque había podido morir.

—¿De dónde habría salido aquel gato?

—¿De verdad había un gato?

—Sí, era atigrado.

—No me fijé.

—Pues estaba ahí.

—¿Estás segura?

—Completamente.

—No recuerdo haberlo visto.

—¡Pues había un gato!

El coche avanzaba rápidamente. Unas gotas indecisas de lluvia caían en el parabrisas. Cuando apareció el cartel que indicaba la salida oeste del lago, Tota aminoró un poco el ritmo. Puso el intermitente izquierdo y redujo la marcha. El camino describía una curva, y noté la fuerza centrífuga empujándome hacia el exterior. ¿Cuándo fue la primera vez que experimenté aquel fenómeno? Por entonces el término *fuerza centrífuga* aún no debía de existir, y cuando le pregunté a Tota: «¿Usted también ha notado eso?», él me respondió que sí. Ahora que lo pienso, en algún momento dejé de tratarlo de usted, pero no recuerdo si fue a principios de este siglo o a finales del pasado.

En la orilla del lago había una explanada con algunos bancos.

—¿Quieres que almorcemos aquí?—me preguntó Tota sin soltar el volante, pero yo aún no tenía hambre. La gelatina dulce de alubias que nos habíamos comido antes de salir me había saciado.

—Yo prefiero esperar un rato.

—Si aún no tienes hambre, yo también puedo esperar.

—No hace falta, come antes si quieres.

—No me gusta comer solo.

En realidad, no es del todo cierto que no recuerde el motivo por el cual nos volvimos inmortales. Conservo un recuerdo borroso. Fue por adulterio. No deberíamos habernos acercado el uno a la otra, pero el caso es que Tota y yo nos veíamos a escondidas. Mi marido o su mujer, o quizá fueron los dos, tuvieron un terrible ataque de celos, se transformaron en espectros vengativos y nos maldijeron. Nuestras familias se pusieron de acuerdo para intentar separarnos. Huimos al monte, buscando refugio en las profundidades de los bosques, pero no dejaron de perseguirnos. Uno de nuestros familiares intentó matarnos con una catana, y los espectros de nuestros cónyuges se enrollaban alrededor de nuestros cuerpos e intentaban estrangularnos. Seguimos huyendo hasta que, al fin, aceptamos que no podíamos estar juntos. Lo que no recuerdo es qué pasó luego, una vez hubimos aceptado nuestro destino. No sé si intentamos suicidarnos o si seguimos huyendo hasta el fin del mundo. Los recuerdos que conservo son demasiado confusos. De repente, Tota y yo nos habíamos quedado solos. Nuestros perseguidores habían desaparecido sin dejar rastro, tanto los humanos como los espectros, y nos encontrábamos en un lugar desconocido. Estábamos solos, de pie entre el silencio, sin saber siquiera cuánto tiempo había pasado.

—Ya te he dicho que cortabas los trozos demasiado gruesos.

—¿Cómo dices?

—Los trozos de gelatina—dijo Tota en tono burlón, sin apartar la vista de la carretera.

—Es que…

—Eres demasiado generosa.

—Pero…

—¡No me contestes!

—De acuerdo.

El camino bordeaba el lago y se adentraba en la montaña. Había dejado de llover. La neblina que flotaba encima del agua se había levantado un poco, y la tímida luz invernal se reflejaba en la superficie. La carretera de montaña daba al lago, y cuando miré hacia abajo descubrí algunos cisnes en el agua, en una zona iluminada por un rayo de sol. Se veía un cisne negro entre los blancos.

—¡Hay un grupo de cisnes!

—Me alegro.

—Mira, ahí abajo, donde da el sol.

—¿Cuántas veces tengo que decirte que no puedo mirar mientras estoy conduciendo?—rió Tota.

—Es que…

—Podríamos tener un accidente.

—No pasaría nada.

—Tienes razón—admitió él, pero siguió conduciendo con prudencia, sin mirar hacia abajo. De hecho, ya lo habíamos visto casi todo: los cisnes, los colores del cielo, las montañas, los ríos y toda clase de personas. Estuve un rato en silencio contemplando los cisnes de lejos, mientras él conducía.

Más adelante, encontramos una bifurcación que no estaba la última vez que habíamos pasado por allí. Un cartel informaba de que al final del camino había un pequeño museo.

—¿Vamos?

—Sí, vamos—acordamos, no importa quién dijo qué. Tota tomó el caminó que se alejaba del lago. Bajé un poco la ventanilla, y el aire frío entró en el coche. Olía a primavera. A pesar de que estábamos en febrero, el aire estaba impregnado del dulce aroma de los árboles.

—¿Cuánto falta para la primavera?—le pregunté a Tota.

—Estamos en el primer mes del calendario lunar, la primavera ya ha empezado—respondió tras una breve reflexión.

Yo apenas recordaba el antiguo calendario. Aunque sólo llevábamos un siglo utilizando el calendario moderno, ya me había acostumbrado. No me resulta difícil acostumbrarme a las cosas nuevas.

—Pronto florecerán los ciruelos.

—La semana que viene podríamos ir a verlos.

—Buena idea.

Estuvimos viviendo una temporada cerca del mar, en una cálida región poblada de ciruelos. Fue entonces cuando tuvimos hijos, niños y niñas, y los vimos crecer. En aquella época no había guerras y se vivía bien. Vivimos terremotos, incendios y hambrunas, pero vimos crecer a nuestros hijos y a nuestros nietos. Sin embargo, tanto los hijos como los nietos, los bisnietos y tataranietos envejecieron y al final murieron. Sólo Tota y yo éramos inmortales. Ver desaparecer algo que había salido de nuestro interior fue una experiencia terriblemente angustiosa. Por eso decidimos no tener más hijos. Pero aunque hubiéramos renunciado a procrear, no podíamos dejar de acostarnos juntos. Como nos habíamos vuelto inmortales como castigo por haber mantenido relaciones, teníamos que hacer el amor aunque no tuviéramos hijos. Mientras lo hacíamos día y noche, empecé a sospechar que nos encontrábamos en uno de los seis reinos budistas. Habrán pasado unos cien años desde entonces. Más adelante, pudimos dejar de hacer el amor. No sé cómo pasó: un buen día, el cuerpo de Tota dejó de funcionar. Al parecer, estas cosas pueden pasarte incluso cuando eres inmortal.

—Parece que el aroma de los ciruelos nos llueva encima.

—¿Que nos llueva encima?

—Sí, como si cayera del cielo.

—Qué poético.

—Gracias.

Al final del camino, encontramos el museo de arte. Era un pequeño edificio marrón rodeado de árboles. Contenía una exposición de antigüedades de toda clase. Vimos jarrones pertenecientes a épocas anteriores a nuestro nacimiento, y una vajilla de cerámica de cuando todavía éramos mortales.

—Cuántos recuerdos—suspiró Tota, señalando un pequeño cuenco.

—¿Por qué lo dices?

—Antes utilizábamos esos platos abombados, ¿verdad?

—Ahora que lo dices...

—Todos estos objetos parecen muy antiguos.

—Sí, se nota que tienen un montón de años.

—Por eso son tan interesantes.

—Su vida es tan larga como la nuestra.

—Sí, pero ellos tienen más valor.

—¿Por qué?

—Porque nosotros no cambiamos nunca.

—Sí que lo hacemos.

—Casi nada.

Tota apoyó la frente en la vitrina y contempló los objetos expuestos tras el cristal. Yo seguí visitando el museo, y cuando llegué al final del recorrido fui a la zona de fumadores y me encendí un cigarrillo. Al ver que Tota no venía, fui a buscarlo y lo encontré en el mismo lugar donde lo había dejado, contemplando el cuenco con la frente apoyada en el cristal. El cuenco estaba agrietado, pero lo habían restaurado con laca y oro. Tenía un chorlito dibujado.

—Qué bonito.

—Sí, mucho.

—Y pensar que eso lo hizo alguien…

—Pues claro.

—Creamos y morimos.

—Sí.

—Empiezo a tener hambre.

Junto al museo había una glorieta con algunas mesas de picnic. Fui al coche y saqué el termo y la comida. Habíamos traído bolas de arroz saladas, tortilla, boniato, verdura y salmón a la plancha. Para beber teníamos té con arroz integral tostado. Como siempre. Comimos despacio, mirando los coches que pasaban por la carretera. Ninguno de los dos hablaba. Una abeja subía lentamente por la columna de madera de la glorieta. Sus alas brillaban bajo la suave luz. Tota estuvo observándola un rato con expresión serena. De repente, la aplastó de un manotazo con el papel que habíamos utilizado para envolver la comida.

—¿Por qué lo has hecho?—exclamé.

—Lo siento—se disculpó, pero en su mirada ya no quedaba ni rastro de serenidad. A veces Tota tiene esa clase de reacciones. Son fogonazos de odio, intensos pero breves, que yo también experimento de vez en cuando. Le pasé la mano por detrás de la espalda y lo abracé. Le acaricié el pelo poco a poco, una y otra vez. Él suspiró. Suspiraba y espiraba a la vez. Inspiraba, suspiraba. Inspiraba, suspiraba. Inspiraba, suspiraba. Lo hizo varias veces, sin cansarse. Quizá ni siquiera era consciente de que suspiraba. La abeja aplastada se había quedado pegada al papel. Lo levanté para que cayera al suelo. Mientras tanto, seguía acariciando el pelo de Tota, y él seguía suspirando sin parar y empujaba con la punta del zapato la abeja que estaba en el suelo, muerta.

Subimos al coche y regresamos al lago. El viento soplaba con más fuerza. Tota aparcó el taxi en un lugar lleno de árboles caducifolios.

—¿Bajamos aquí?

—Hace frío.

—No importa.

—Cogeré el abrigo.

—No hace falta, bájate.

Cerró el coche antes de darme tiempo a abrigarme. Cuando ya llevábamos un rato andando, me volví y distinguí entre las ramas de los árboles la carrocería naranja del taxi, solo en la orilla del lago. Tota caminaba a paso rápido.

—¿Adónde vamos?

—Junto al agua.

—Pronto oscurecerá.

—¿Y?

—Hace frío.

—Es normal, estamos en febrero.

No se detuvo hasta que llegamos a un claro sin árboles. Me volví, pero los árboles me tapaban la vista y no vi el coche. Por tanto, deduje, a nosotros tampoco podía vernos nadie desde la carretera. Tota metió la mano en el agua, luego contempló el horizonte y, al fin, me llamó. Cuando llegué a su lado, me tomó la mano y me dijo que me quería. Levanté la vista, sorprendida, pero su cara no reflejaba ningún tipo de emoción.

—¿Qué te pasa?

—Nada.

—¿Hay algo que quieras pedirme?—Él asintió sin decir nada—. ¿Qué quieres que haga?—le pregunté. Él guardó silencio—. Haré cualquier cosa que me pidas—añadí.

—Quiero que te des placer a ti misma—me pidió entonces.

—¿Cómo?

—Yo ya no puedo, de modo que tendrás que hacerlo tú sola. Quiero que te masturbes aquí, junto al lago. Quiero ver cómo lo haces—me explicó con cierta brusquedad.

—Llevo más de cien años sin hacerlo, ya no me acuerdo—protesté riendo, pero él insistió.

—Creía que había olvidado lo que eran el amor y el cariño, pero en algún rincón de mi cuerpo todavía queda algo. Te lo pido por favor, mastúrbate aquí. Quiero ver cómo lo haces—me suplicó en voz baja pero cargada de pasión.

Insistió tanto que no tuve más remedio que ceder, y me quité el jersey. Pensé que, si me quitaba más ropa, me resfriaría, así que me dejé la blusa y la falda puestas. Me levanté los bajos de la blusa, que llevaba por dentro de la falda, metí la mano por debajo y me toqué un pezón. Tenía los dedos helados, y noté un escalofrío. Metí la otra mano por dentro de la falda y me toqué por encima de la ropa interior. No sentí nada. Hacía frío, y estaba inquieta porque en cualquier momento podía aparecer alguien. Pero Tota me miraba impaciente, así que arrugué la frente y empecé a gemir en voz baja. También había olvidado cómo se hacía. Mi boca no recordaba el sonido que debía emitir.

—¿Sientes placer?—me preguntó Tota, como un adolescente que ve por primera vez una mujer desnuda.

—Mucho—le respondí, aunque seguía sin sentir nada.

—¿Me deseas?

—Sí—le dije, con una voz ronca que sonó muy forzada, pero él no pareció darse cuenta. Mientras tanto, empezó a tocarme los pezones. Sus dedos no estaban tan fríos como los míos. Sentí un poco de placer. Aún estaba muy lejos de acabar, pero gemía con más naturalidad.

—Me gusta oírte gemir.

—Ah…—oí que decía mi propia voz, como si fuera de otra persona.

¿Era así como se hacía? ¿Era eso lo que nos había unido hasta que nos convertimos en seres inmortales? Tota me escuchaba atentamente. No estaba ni mucho menos a punto de acabar, pero como él estaba tan pendiente de mí, empecé a gemir cada vez más alto hasta que, al final, grité: «¡Ya llego!». Justo después volví a introducir los bajos de la blusa por dentro de la falda y me puse el jersey a toda prisa.

—Qué frío—dije.

—Gracias—me agradeció Tota, inclinando la cabeza hacia mí. Entonces me rodeó los hombros con el brazo y me atrajo hacia sí. Recorrimos abrazados el camino de vuelta. Cuando llegamos al coche, Tota subió al asiento del conductor y yo me senté a su lado. Estuvimos un rato contemplando el sol que se escondía tras el lago. Algunos cisnes planeaban sobre el agua.

—No has llegado, ¿verdad?

El sol estaba a punto de ponerse. Una vez empezaba a hundirse, iba muy deprisa. En cuanto el disco, rojo como un fruto maduro, rozó la línea del horizonte, se hundió hasta la mitad y al poco rato sólo sobresalía el extremo superior, que parecía un sombrero flotando en el agua. Al final sólo quedó una línea roja que desapareció tras el horizonte en un abrir y cerrar de ojos. Tota puso el motor en marcha y encendió la pequeña luz interior del coche.

—¿Cómo lo sabes?

—¿Creías que no me daría cuenta?

—Es que ya no recuerdo cómo se hacía.

—Pues yo sí me acuerdo.

—Tendré que practicar más.

—Podríamos intentar hacerlo juntos otra vez.

—Vale.

—Da igual, olvídalo.

—Tienes razón.

Bajo la tenue luz del coche, me di cuenta de que Tota tenía los pelos de la nariz muy largos. Cuando se ponía de perfil, se le veían algunos pelos sobresaliendo de las aletas. Aunque parezca raro, destacaban más que a plena luz del día.

—¿Tienes unas tijeras, Tota?

—¿Para qué?

—Tú confía en mí.

Las tijeritas que sacó del fondo de la guantera no cortaban demasiado. Le pedí que apoyara la cabeza en mi regazo y me incliné encima de él con la intención de recortarle los pelos de la nariz, pero estaba oscuro, me faltaba espacio y no lo conseguí. Además, aquellas tijeras apenas servían para cortar.

Le levanté las aletas de la nariz para verle mejor los pelos y podérselos cortar. Esperaba encontrar unos pocos pelos finos y poco poblados, pero los pelos de la nariz son más duros y mucho más gruesos de lo que parece. Me sorprendió que fuera tan difícil.

—Qué complicado.

—¿Qué mosca te ha picado de repente?

—Me apetecía cortártelos.

—Es la primera vez que lo haces.

—Tienes razón, nunca te había cortado los pelos de la nariz.

—Es raro hacer algo por primera vez.

—Y no es nada fácil.

—Es que esas tijeras no cortan muy bien.

Tota me quitó las tijeras de la mano, se levantó las aletas de la nariz, recortó hábilmente los pelos que sobresalían y los recogió con un pañuelo de papel. Lo hizo muy bien. Me dejó de piedra. Algunos fragmentos de antiguos recuerdos de hacía cinco siglos cruzaron mi mente.

—Algún día moriremos, ¿no?

—¿Quién, nosotros?

—Claro, tú y yo.

—Tarde o temprano supongo que sí.

—¿Seguro?

—Cuando la raza humana desaparezca de la faz de la Tierra, nosotros tampoco podremos seguir vivos.

—¿Tú crees?

—Pues claro.

Moví la cabeza de arriba abajo, aunque no estaba muy convencida. Le quité las tijeras e hice un segundo intento de recortarle los pelos de la nariz. Al ver que lo hacía un poco mejor que antes, me animé y continué, pero entonces le hice un pequeño corte que sangró un poco. Fuera estaba completamente oscuro. Los cuervos graznaban. La luz del coche parecía iluminar más que antes.

—Tota.

—Dime.

—¿Nos vamos?

—Aún no.

—Ya es de noche.

—Quiero quedarme un rato más.

—¿Todavía más? Ya han pasado quinientos años.

—Quinientos años pasan enseguida.

—¿En serio?

—Ya lo creo.

—Puede que sí.

—Qué silencio.

Tota no oía los graznidos de los cuervos, cada vez más altos. Parecía que hubiera más luz dentro del coche a medida que pasaba el tiempo. Tuve la sensación de que todo el taxi era un cuerpo luminoso. Tota tenía una gotita de sangre bajo la aleta de la nariz. Lo llamé de nuevo, pero se había quedado dormido. Su respiración sonaba como un suspiro. Mientras doblaba el pañuelo de papel que contenía los pelos de su nariz, contemplaba el lago en silencio. Estaba oscuro y no se veía nada. Ni los cisnes, ni la superficie del agua, ni nada.

CONTENIDO

El papel utilizado para la impresión de este libro
ha sido fabricado a partir de madera
procedente de bosques y plantaciones
gestionados con los más altos estándares ambientales,
garantizando una explotación de los recursos
sostenible con el medio ambiente
y beneficiosa para las personas.
Por este motivo, Greenpeace acredita que
este libro cumple los requisitos ambientales y sociales
necesarios para ser considerado
un libro «amigo de los bosques».
El proyecto «Libros amigos de los bosques» promueve
la conservación y el uso sostenible de los bosques,
en especial de los Bosques Primarios,
los últimos bosques vírgenes del planeta.

Papel certificado por el Forest Stewardship Council®